徳間文庫

人妻交換

草凪　優

徳間書店

目次

プロローグ

また憂鬱な時間がやってきた。

仕事を終えて帰宅し、食事をとって入浴をすませ、リビングのソファでビールを飲みながらスポーツニュースをハシゴする——普通なら、一日のうちでもっともリラックスできる時間なはずだ。

深酒をするわけではない。缶ビールを一本とウイスキーを一杯か二杯。心地よい酔いとともにうとうとしてくれれば、睡魔に抵抗せずに寝室に向かう。

独身時代は間違いなくプレシャスタイムだったはずなのに、最近ではまったくリラックスできない時間になってしまった。

妻がそこにいるからだ。

寝室に立派なドレッサーがあるにもかかわらず、わざわざリビングのテーブルに鏡を置き、スキンケアをしている。つやつやした光沢を放つ白いシルクのパジャマに包まれた体は、バスルームでボディクリームをたっぷりと塗ってきたらしく、いい匂いが漂ってくる。シャンプーの残り香と相俟って、男を誘うフェロモンとなる。

（まったく……）

仲尾宗一郎は胸底で深い溜息をついた。

妻の美砂子は間違いなくベッドに誘っていた。いや、最近なかなか夜の生活を営もうとしない夫に、抗議していると言ったほうが正確かもしれない。

宗一郎と美砂子は、結婚して五年目になる。

当時、宗一郎は三十五歳で、美砂子は三十歳だった。

知りあったのは業者が主催する婚活パーティ。ネットなどで参加者を募集し、料金さえ払えば誰でも参加できるものである。ホテルの宴会場で行なわれたけっこう大がかりなパーティで、参加者は百名以上いただろうか。

会場で美砂子を見たときの印象を、宗一郎はいまでもよく覚えている。

（なんでこんなところにいるんだろう？）

女性参加者の中で、ひとりだけ華やかすぎる別格の容姿をしていた美女——それが美砂子だった。

その婚活パーティは、セレブとの出会いを謳っている玉の輿狙いのものではなく、参加費一万五千円のごく一般的な催しだった。会場にいた男も冴えないサラリーマンふうが大半で、かくいう宗一郎も音響機器を扱う零細企業に勤めていて、高給取りでもなんでもなく、容姿も極めて平凡。

（あれほど美人なら、男なんて選り取り見取りだろうに……）

眼鼻立ちの整った顔に、ストレートの長い黒髪。すらりと背が高く、シルバーグレイのタイトスーツを颯爽と着こなした姿は、高嶺の花という言葉がぴったりだった。

ただ、美人は美人でも、美砂子は冷たい感じがする美人だった。

やや眼が吊りあがっているせいか、いかにもプライドが高そうな態度のせいか、とにかく簡単に男を寄せつけないオーラがあり、実際、パーティ会場で彼女に声をかけようとする者はひとりもいなかった。

その場にいた男たちは、誰も彼も真剣に結婚を考えていたのだろう。高嶺の花に鼻であしらわれるくらいなら、分相応な相手を探したほうがいいと思ったに違いない。

多くの男たちに囲まれている人気ナンバーワンは、美人というより可愛いタイプで、笑顔に愛嬌《あいきょう》がある女だった。

なるほど、たしかに結婚するならそういうタイプのほうがいいのかもしれないが、宗一郎はまだ婚活を始めたばかりで、それほど焦《あせ》っていなかった。せっかくだから、高嶺の花に話しかけてみることにした。半分は好奇心だったので、鼻であしらわれてもべつにかまわなかった。

「こういうところにいるようなタイプには見えませんが」

「どういう意味？」

美砂子は眉《まゆ》をひそめてこちらを見た。

「すごくモテそうだって意味ですよ」

言葉は返ってこなかったが、美砂子は眼をそらさなかった。

「婚活パーティに参加するにしても、あなたくらいの美人なら、年収二千万以上の男限定とか、そういうやつに参加しても相手が見つかりそうだ」

「高給取りの男になんて興味ないんです。そういう人が求めているのは、家に入りたい女でしょう？　家政婦じみた専業主婦や、子育てに熱心な母親を求められても……わたしは仕事をしたいから」

「お仕事はなにを？」

「青山のジュエリーショップで、マネージャーをしてます」

美砂子はニコリともせずに答えた。初対面の印象は、見た目通りに冷たい女だな、というものだった。いや、予想以上にツンツンしていて、無表情な女だった。

しかし、社交辞令でデートに誘うとなぜか応じてくれ、ひと月後には付き合うようになり、三カ月でのスピード結婚となった。

条件が見事に一致したからである。

美砂子の望みは、結婚しても仕事を続けること、子供はつくりたくないこと、家事は分担することの三つだった。

宗一郎にしても、妻に働いてもらったほうが家計は助かるし、子供はべつにいらなかったし、十八歳からひとり暮らしをしているので、家事はなんでもできるほうだった。半分やってもらえるなら御の字だ。

「あと、もうひとつ……ちょっと言いづらいんですけど、わたしけっこうサラリーをもらってて……」

美砂子の収入は、宗一郎の一・五倍くらいだった。

いかな」

「男の人は引くでしょう？　女のほうが稼いでいると」

「いや、僕は全然。財布は別々で、家賃なんかの生活費は折半にすればいいんじゃないかな」

宗一郎は笑顔で答えた。思った通りを口にした。男としての見栄やプライドを大切にする人間を、昔からあまりよく理解できなかった。

そうなると、結婚しないほうがおかしいというムードになった。

積極的に話を進めたがったのは、美砂子のほうだった。三十歳になった彼女は、親戚縁者から「まだ結婚しないのか？」という、よくあるプレッシャーをかけられていたらしい。婚活パーティではあれほどツンツンしていたくせに、内心では条件が当てはまる男が見つかれば、すぐにでも結婚したいと思っていたのである。

正直に言えば、宗一郎は結婚を決めた時点で、美砂子を愛していると胸を張って言うことはできなかった。もちろん、本人には好意を示していたけれど、実際にはその感情はひどくぼんやりとしたものだった。

だが、それでいいと思った。

条件は合致しているし、なにしろ美砂子はとびきりの美人だった。実家に連れていったとき、両親が腰を抜かしそうになったくらいだ。

容姿で結婚相手を決めるなんて愚かな所業かもしれないが、美人は三日で飽きるという話は嘘だと思った。花でもクルマでも風景でも、美しくないより美しいほうがいいに決まっている。誰が見ても美しい女を娶ることは、男に自信と満足感を与えてくれる。

それに、彼女は聡明だし、性格的にとりたてて嫌なところも眼につかなかった。となれば、いずれ心から愛するようになるだろうと思った。人生は長い。時間をかけてゆっくりと愛するようになればいいと……。


結婚生活は想像以上に快適だった。

ダブル・インカムになったことで、独身時代より裕福になった。新居は世田谷にある低層マンションで、広いキッチンで一緒に料理をしたり、晴れた休日にはベランダにテーブルを出してそこで食べたり……。

一緒に暮らすようになっても、美砂子は相変わらずの無表情でツンツンしていたけれど、時間が経つほどにそれもなんだか好もしく思えてきた。もともと人付き合いが不器用そうなタイプだし、彼女の場合は職業病のようなところもある。

　都心の一等地で高級ジュエリーを販売していれば、澄ました顔が普通になる。ハイブランドの店員がツンツンしているのはよくあることで、そのほうが高級感が出せるのだ。下町のダンゴ屋の看板娘のようにニコニコと愛想を振りまいては、せっかくの高級ジュエリーが安っぽく見えてしまう。

　それも個性と思ってみれば可愛いものだし、なにより、美人には澄ました顔がよく似合う。

　結婚して一年も経つと、結婚前の未来予想図が現実のものとなっていった。一年経っても彼女の美しい容姿に飽きることはなく、宗一郎は胸を張って美砂子のことを愛していると言えるようになった。

　ただ……。

　結婚五年目に突入すると、順調だった生活に少しばかり翳り(かげ)が見えはじめた。

　お互いの仕事が忙しくなった、というのがまずベースにある。

　美砂子はジュエリーショップのマネージャーを、三店舗ほど掛けもちでしなければならなくなり、宗一郎は宗一郎で思いがけず部長代理に出世してしまい、社内の調整役として気の休まるときがなくなった。

それでも、お互いに日曜日だけは絶対に休んでいたので、生活がすれ違うというほどではなかったのだが、仕事が忙しくなったことを言い訳に、宗一郎は夜の夫婦生活を避けるようになった。

避けたくて避けているわけではなかった。

新婚時代は週に二、三度、結婚三年目を過ぎても週に一度はセックスしていたので、そのペースは守りつづけたかったのだが、四十路を迎えて体力と精力と勃起力が、ガクンと落ちてしまったのだ。

初めて中折れを経験したときは、自分でもかなりショックだった。

中折れ、という言葉は知っていたが、それが自分に訪れるのはまだずいぶんと先の話だと思っていたからだ。

しかも、

「今日はもうダメみたいだ」

と笑って誤魔化(ごまか)そうとしたのに、美砂子は笑ってくれなかった。もともと愛想笑いをしないタイプなのだが、ものすごく嫌な顔をされた。いま思えば、彼女は彼女で、もしかしてわたしのせい？　と思っていたのかもしれない。

それにしたって中折れしたときの反応が冷たければ、怖くてセックスができなくなるのが男というものである。

しかし、一方の妻は女盛りの三十五歳。ベッドではおとなしいほうなのだが、それでも性欲はあるらしく、無言のプレッシャーをかけてくる。

リビングでスキンケアするのもそうだし、白いシルクのパジャマには、紫色のセクシーランジェリーが透けていた。プライドが高い女なので、セックスがしたいと直接口にはできないのだが、妻を抱くのは夫の務めと顔にはっきりと書いてあり、毎晩ベッドに入る前は息がつまりそうだった。

そんなある日のことだ。

「ねえ、あなた。時間があるとき、納戸（なんど）の整理をお願いできないかしら。あなたの本がたくさんあるでしょ。もう読まないなら処分してもいいんじゃない？」

美砂子がそんなことを言ってきた。

自宅マンションにはわりと大きめの納戸があり、現在は物置と化しているのだが、美砂子はウォーク・イン・クローゼットにリフォームしたいらしい。

「子供のときからの本があるからね……次の日曜日にでも整理するよ。本を捨てるのは抵抗があるんだけど、読まないなら場所をとるだけだしな……」

宗一郎は了解し、次の日曜日に納戸にこもった。美砂子は珍しく、朝から出かけていた。大学時代の友達が出産したので赤ちゃんを見にいくと言っていたが、納戸の整理を手伝いたくないのだろうと思った。リフォーム代は彼女が負担すると言ってくれたので、べつに文句はなかった。

本は自分でも呆れるほど大量にあり、五畳ほどのスペースの半分以上を占領していた。古書店に売って小遣い稼ぎをすることも考えたが、平積みで放置してあったので埃(ほこり)まみれだし、紙が変色・劣化しているものも多く、リサイクルゴミに出すしかなさそうだった。

「おっ、懐(なつ)かしいな……」

久しぶりに手にする蔵書をぱらりとめくってしまったりすると、本の整理というものはいっこうに進まないものだ。わかっていたが、捨てるとなると名残(なごり)惜しいし、妻は夜まで帰ってこないと言っていたから、のんびりやるつもりだった。

「んっ？　なんだこれ……」

見たことのない本を手にして、宗一郎は首をかしげた。蔵書は全部で数百冊はありそうだったが、すべて一冊一冊、自分が書店で買い求めたものである。記憶にまったくないのはおかしいのだが……。

分厚い文学書で、仰々(ぎょうぎょう)しく箱に入っていた。タイトルは『夜の果てへの旅』。フランスの小説家が書いたものらしいが、昔もいまも、宗一郎はフランス文学になんて興味はない。

となると、美砂子のものだろうか？　女子大の文学部を出ている彼女は宗一郎よりも読書家だが、現在は電子書籍がメインなので、結婚したとき蔵書のほとんどを実家に送ったと言っていた。

（どうしても手元に残しておきたい本だったのか？　でも、だとしたら、リビングに本棚があるのに……）

なんとも不可解な現象だったので、なんとなく箱から本を抜いてみた。いまどき見かけないような、重厚な装幀(そうてい)に興味を惹(ひ)かれたせいもある。

だが……。

ハードカバーの表紙をめくった瞬間、息がとまった。本の中身が、四角くくりぬかれていた。秘密の宝物を隠すようにしてこっそりとしまわれていたのは、色褪せたポラロイド写真だった。十枚以上はゆうにありそうだ。

そこに写っていたものは……。

「嘘だろ……」

美砂子の顔のアップだったが、ただの顔ではなかった。眉根を寄せ、眼の下を赤く染めて、口を半開きに開いた、よがり顔だったのである。

顔以外には写っていないのに、セックスしながらハメ撮りした写真であることが、一秒でわかる生々しい表情をしていた。

写真はまだたくさんあったが、続きを見るのには勇気が必要そうだった。

宗一郎はしばらくの間、凍りついたように固まっていた。やがて覚悟を決めて立ちあがった。本を持ってリビングに向かい、テーブルに写真を並べていった。

一枚、また一枚とめくるたびに心臓が痛くなり、頭の中に白い霧がかかっていくようだった。

女性器をアップにした写真があった。もちろんモザイクなしである。両脚をひろげた美砂子が恥ずかしそうに笑っているので、無理やり撮影されたものではなさそうだった。恋人同士のエッチなお遊び、というやつだ。

色褪せたポラロイド写真に写った美砂子は若く、女子大生時代か、社会人になってすぐという感じだった。

だが、いくら若いとはいえ、あの美砂子がハメ撮りを許したという事実が信じられない。晴れて夫婦になってからも、彼女は部屋を薄暗くしないとセックスに応じてくれない。いい歳して極端な恥ずかしがり屋と言っても過言ではないし、それはそれで彼女の個性だからべつにいいのだが、過去には男とハメ撮りを楽しんでいたとなると、したたかに裏切られた気分である。

それに……。

女性器を直接写した写真より、よがっている顔のほうが衝撃的だった。

夫である宗一郎が見たこともないほど乱れていた。

濡れた瞳でカメラを見つめる眼は男を誘っているようだし、大きく口を開いた顔を見ていると獣じみたあえぎ声が聞こえてきそうだった。紅潮した顔をくしゃくしゃに歪(ゆが)めている姿もあれば、眼尻を垂らした嬉(うれ)しそうな顔で男根を深々と口唇に咥(くわ)えこんでいる写真まであった。

宗一郎が知る美砂子は、ベッドでおとなしい女だった。

もちろん性欲もあれば、性感が未発達ということもなく、いちおう中イキもするのだが、結婚前に付き合った女たちに比べると、美砂子のイキ方は可愛らしいものだった。普段は颯爽と肩で風を切って歩いているくせに、「イク……」と小さくもらす声はか細く、可憐にさえ感じられた。

その美砂子が、いまから十年以上も前に、ここまで乱れていたとなると……。

(俺のせい、ってことなんだろうなあ……)

宗一郎は二重の意味でショックを受けていた。

妻の隠された本性を目の当たりにして、悲しくもあり、情けなくもあったが、写真をテーブルに一枚一枚並べながら、勃起していたのだ。ズボンの中のイチモツはいまも大きくなったまま、痛いくらいに硬くなっている。

愛する妻が他の男に抱かれている姿を見て、なぜこんなにも興奮しているのか、わけがわからなかった。妻に裏切られた気分と相俟って、心は千々に乱れていくばかりだった。

夜になってリビングが暗くなっても、宗一郎は椅子に腰をおろしたまま、がっくりとうなだれていた。納戸の本の整理はまだ途中だったが、とても続きをする気にはなれなかった。

リビングが急に明るくなった。

美砂子が帰宅し、照明をつけたのだ。

「どうしたの？　真っ暗にして……」

美砂子の声は、いつになくはずんでいた。声だけで機嫌のよさが伝わってきた。友達が産んだ赤ちゃんを見にいくため、大学時代の同級生が集まると言っていたから、帰りにどこかで一杯飲んできたのだろう。

「ルミネでマカロン買ってきたけど、食べる？　紅茶でも淹れましょうか？　こないだイギリスのおみやげに……」

しかし、彼女の機嫌のよさは長くは続かなかった。もちろん、テーブルに並べられた写真を見たからだった。

みるみる顔色を失っていき、なにか言おうと口を動かしているのに、言葉が出てこない。美砂子がこんなにもうろたえている姿を見たのは、間違いなく初めてのことだった。

しばらくの間、重苦しい沈黙がリビングを支配していた。実際には五分くらいのことだったのかもしれないが、宗一郎には永遠にも感じられる長い時間だった。マンションごと、海の底に沈んでしまったかと思った。

「過去のことだから、べつに咎(とが)めるつもりはないよ……」

宗一郎は静かに切りだした。

「最初は赤裸々さにびっくりしたけど、キミにとっては大切な思い出なのかもしれない。それだって咎めるつもりはない。結婚したって、忘れられない過去の恋人がいることだってあるだろう。ただ……それを夫婦の家にもちこむのはルール違反じゃないかな。おまけに、僕に納戸の整理を頼んでおいて、そこに隠したことを忘れてる。キミにしてはずいぶん迂闊(うかつ)……」

「わざとでしょ！」

美砂子が叫ぶように言い、宗一郎は自分の耳を疑った。

「わざとあなたに見せるように仕向けたの」

「……どういう意味？」

「嫉妬させようとしたのよ……嫉妬したでしょ？　さすがに。わたしのこんな、はしたない姿を見たら……」

嘘に決まっている、と宗一郎は思った。美砂子の顔色と狼狽ぶりを見れば、これが不測の事態であることはあきらかだった。プライドの高い彼女は、自分のミスを素直に認められないだけだ。

「過去に嫉妬しても、しかたがないと思うけど……」

「あらそう。じゃあ言うけど、相手の人、新卒で最初に入った会社の上司だったの。不倫よ。歳はいまのあなたくらいだったかしら……」

「聞きたくない」

宗一郎が首を横に振っても、美砂子は言葉を継ぐのをやめなかった。

「あなたくらいの歳だったけど、セックスばっかりしてた。この写真を撮ったのは渋谷のラブホテル……でも、深夜のオフィスでしたこともある。会議室とか倉庫でも……すごく愛撫がうまくて、わたし、彼に開発してもらって……」

「いったいなにが言いたいんだ！」

宗一郎が気色ばんだ口調になると、

「わたしたち、もう三カ月以上もセックスレスなのよっ！」

美砂子は倍の声量で返してきた。青ざめていたはずの顔色が、いつの間にか真っ赤に染まっていた。

「仕事で疲れてるかもしれないけど、女にとって、それがどんなにつらいことなのかわかる？　今日会った大学時代の友達、みんなわたしより前に結婚してるのに、いまでもラブラブで週に三回はエッチしてるって……美砂子はどうなの？　って訊かれても、わたし、答えられなかった。わたしはもう、夫に女として見られてないんだ。単なる同居人なんだって、悲しくなって……」

「いやいや、ちょっと待ってくれよ」

宗一郎は溜息まじりに言った。

「疲れてセックスできないと、女として見られないってことになるのかい？　納得いかないよ。僕はキミを心から愛してる」

「嘘ばっかし」

「じゃあもう正直に言うけど、歳なんだよ。若いころみたいに、セックスに夢中になれない」

「わたしの不倫相手は、いまのあなたと同じくらいの歳でした」

「それは、外の女だからだろう」

宗一郎は鼻で笑った。

「その上司だって、家じゃセックスレスだったに決まっているさ。そう言って口説（くど）かれたんじゃないのかい？　もう妻のことは抱いてないよ、って……」

美砂子の顔がこわばった。図星（ずぼし）だったようだが、次の瞬間、大粒の涙が頬に流れ落ちたので、宗一郎はびっくりしてしまった。美砂子が泣くところなんて見たことがないし、一生見ないだろうと思っていたからだ。

「いや、ごめん。いまのは言いすぎだった」

宗一郎は謝ったが、美砂子は背中を向けてリビングから出ていった。寝室まで追いかけていくと、ベッドにうつ伏せになって泣いていた。号泣だった。

「泣かないでくれよ。僕が悪かったからさ。仲直りしてマカロン食べよう。ね、僕が悪かったから……」

どこが悪かったのか自分でもよくわからなかったが、感情的になっている女をなだめるには、男が罪を被るしかない。

「前から思ってましたけど……」

美砂子はうつ伏せでしゃくりあげながら言った。

「あなた、わたしが条件だけで結婚したと思ってるでしょう?」

「……思ってないよ」

本当は思っていたので、答えるのがワンテンポ遅れた。美砂子は要するに、結婚しても自分がイニシアチブを握れる相手を探していたのだ。そうでなければ、彼女のような高嶺の花と、自分のような平々凡々とした男が結婚できるわけがない。

「絶対に思ってる」

「思ってないって」

「たしかにね、条件が合わなかったら結婚しなかったかもしれない。でも、条件だけで結婚したわけじゃない。最初から好きだった。最初はちょっとだけど、一緒に暮らすうちにどんどん好きになっていった。いまでは愛しているって心から言える……なのにエッチしてもらえないから苦しいの! 好きな人に女として見てもらえないのが、つらくてつらくてしようがないの! はっきり言いますけどね、わたし、こんな屈辱初めて！」

宗一郎は呆然と立ち尽くしていることしかできなかった。

プライドの高い彼女にここまで言わせてしまった以上、もはや「僕が悪かった」だけではすまなそうだった。もっと真剣にセックスレスと向きあわなければ、夫婦の関係に亀裂が入り、壊れてしまうかもしれない。

第一章　人妻の秘策

1

吹く風も生温かくなってきた春の宵――。

宗一郎と美砂子は、日本橋にあるホテルのロビーにいた。眼下に光り輝くような夜景が見えた。

東京の夜景である。なのに、目の前を行き交う人間は外国人ばかりで、日本人のように見えても中国語をしゃべっていたりする。

外資系高層ホテルの四十階、普段なら足を踏み入れることのない場所に、宗一郎も美砂子も緊張していた。

「たまにはこういうところに泊まってみるのも、新鮮かもしれないわね……」

「東京に住んでるのに東京のホテルに泊まるなんて、もったいない気がするけど……」

「だからこその贅沢なんじゃない？」

「まあ、そうかもしれないけど……」

ソファに並んで腰をおろしていても、お互いに決して眼を合わせようとしない。

緊張しているのは、場違いな場所にいるせいだけではなかった。

ふたりはこれから、あることに挑戦しようとしていた。

夫婦交換である。

ふた組の夫婦がペアを交換してセックスすることになっている。

セックスレス気味だったとはいえ、それまでごく普通の性生活を送っていた宗一郎と美砂子が、夫婦交換を決意するまでには紆余曲折があった。

ひと月前――。

美砂子が涙を流してセックスレスに抗議してきたのが、すべての始まりだった。

ここが夫婦の正念場だと宗一郎は腹を括り、誤魔化すことなくセックスレスに向きあおうと思った。

　夫がセックスをしてくれないと妻が泣いているなら、そして彼女への愛に自信があるなら、その場で妻を抱けばいい――そんなことは宗一郎にもわかっていたが、できない事情があった。

「ごめん……」

　立ったまま深く頭をさげた。

「いますぐ抱けばいいんだろうけど、できないんだ……」

「……どうして？」

　ベッドに伏せて泣いていた美砂子は、顔をあげた。毎日眺めていても飽きないほどの美しい顔が、涙で無残なことになっていた。

「さっき……出したばっかりなんだ……三回も……」

　美砂子はわけがわからないという顔をしている。

「自分で自分が情けない……でも、正直に言う。キミのエッチな写真を見ながら、オナニーした」

「三回も？」

宗一郎はうなずいた。

「キミが他の男に抱かれている姿を見て……ものすごく興奮した。ジェラシーもあったよ。写真に写っているキミは、僕に抱かれているより、あきらかに感じていたし、燃えていた……でも、嫉妬する以上に興奮したんだ。こんなに興奮したことがないってくらいに……」

「わたし……」

美砂子は泣き笑いのような複雑な顔でこちらを見ていた。

「なんて言っていいかわからない……」

「……ごめん」

「謝らないで」

美砂子はベッドからおりて近づいてきた。

「謝るようなことはなにもしてないでしょう？　そりゃあ、セックスレスなのにオナニーはするんだって、ちょっとは引いたわよ。でも……それ以上に……なんていうか……嬉しい……」

「嬉しい？」

「わたしの写真を見て、すごい興奮したって……」

眼尻の涙を指で拭う。

「……ごめん」

宗一郎も涙をこらえきれなくなった。歯を食いしばって嗚咽だけはこらえ、涙だけをボロボロこぼしていると、美砂子が胸に飛びこんできた。宗一郎は抱きしめた。お互いがお互いの体にしがみつきながら、ふたりで泣いた。

「約束する。セックスレスは近日中に解消する。そのための方法をいろいろ考えてみる……」

「わたしにできることがあるならなんでも言って。わたし、あなたに興奮してもらいたい。義務感で抱かれるとか、頑張ってされても、ちっとも嬉しくない……」

その日は、そのまま抱きあって眠った。セックスはしなかったが、明け方までお互いの体にしがみついていた。

宗一郎にとって、結婚して五年目で、いちばん妻との絆を感じた夜だった。

美砂子もたぶん、そうだったはずだ。

であるならば、どんな手段を使ってでも、セックスレスを解消しなければならない。

自分たち夫婦はまだ、完全なるセックスレスではない。たったの三カ月、体を重ねていないだけなのだ。

いまならまだ間に合う——そう思った宗一郎は、翌日からセックスレスについて様々な情報を漁りはじめた。相談する相手もいなかったので、ネットで調べただけだが、それまでごく普通の性生活を送り、たった一度の中折れでセックスから遠ざかってしまった淡泊な男にとっては、刺激的な情報ばかりだった。

(みんな苦労してるんだな、セックスレスで……)

悩んでいるのが自分たちだけでないことがわかったのには安堵したが、提示されている解決方法にはピンとくるものがひとつもなかった。

旅行に行くとか、妻に新しい服や下着をプレゼントするとか、たしかに新鮮な気分にはなりそうだったが、長続きするとは思えない。なにより、若いころにはあった、女体に対する渇き、セックスを求める衝動を取り戻さないことには、お互いに満足することができない気がする。

ヒントはあった。

妻が隠しもっていたポラロイド写真である。

あの写真の中で、美砂子は宗一郎に抱かれるより、確実に乱れていた。色褪せた静止画にもかかわらず、我を忘れるほどの発情が生々しく伝わってきた。

美砂子があんなふうに燃えてくれるなら――率直に抱きたいと思う。想像するだけでむらむらする。

セックスレスとはつまり、いままでベッドでサボっていたツケを払わされるものなのかもしれない。普段から充実した性生活を送り、好奇心や創意工夫を駆使してお互いに興奮を高めあっていれば、たったの五年でレスになどならないのだ。

(どうすれば美砂子を感じさせられるんだろう？　女が燃えれば、男も燃えるんだけど……)

ある日の夜、テレビもつけずに、リビングのソファでぼんやりビールを飲んでいると、美砂子が声をかけてきた。

「あのね……」

彼女はまだ風呂に入っていなかった。三十五歳にしてはちょっと甘い雰囲気がする、ジェラートピケのルームウエア姿だ。

「わたしもいろいろ考えてみたんだけどね、解決策」

もちろん、セックスレスの解決策のことだろう。

「わたし、なんでもするって約束したじゃない？　だからその……ソッ、ソフトＳＭなんてどうかしら？」

「ＳＭ？」

宗一郎はさすがに驚いた。ネットで調べたセックスレスの解決方法の中にも、そういったちょっと過激なプレイにチャレンジしてみるというものもあったけれど、まるでピンとこなかった。

自分たち夫婦がＳＭプレイをやるとすれば、あっちが女王様でこっちが奴隷だろう。日常生活で、美しくて稼ぎもいい女房の尻に敷かれるのは気にならないが、セックスのときまで奴隷というのはつらすぎる。

だが、美砂子は逆のことを考えていたようで、

「わたしのこと、犬みたいに扱ってもいいんだよ」

宗一郎は驚愕のあまり言葉を返せなかった。

「恥ずかしい格好に縛ってもいいし、痕にならないくらいならぶってもいいし……だってほら、わたしいつも偉そうでしょ？　五つも年下なのに、ツンツンしてて生意気

じゃない？　エッチのときくらい、いじめてみたいって思ったりしない？」

宗一郎は二重の意味で衝撃を受けていた。

ひとつはもちろん、美砂子の口からＳＭなどというおぞましいワードが飛びだしてきたことだ。人並み程度の性欲はあっても、変態プレイなんて耳にしただけで眉をひそめるタイプなのである。

そして、話をしているときの表情が、いつもとまるで違った。基本的には無表情な女だったのに、恥ずかしそうだったり、必死だったり、健気だったり、感情がダダ漏れになっている。なんだか結婚五年目にして初めて、素顔の彼女と対面している気分だった。セックスレスの件で号泣したことで、ひと皮剝けたのかもしれない。

とはいえ……。

「そういうことに興味があるわけ？」

宗一郎が怪訝な顔で訊ねると、

「ＳＭに？　ないわよ……」

美砂子は苦笑まじりに答えた。

「お高くとまっている女ほど、実はドＭが多いっていうけど……」

「わたしは違います。元カレでそんなこと言ってきた人もいるけど、ビンタして別れました」

「じゃあ、どっからそんなアイデアが出てきたんだい？」

「それは……あなたが興奮するかと思って……」

「しないよ」

宗一郎も苦笑するしかなかった。

「僕はね、もっと普通な感じで、でも燃えあがるようなセックスがしたいんだ。キミが隠しもっていた写真みたいに……」

美砂子は唇を嚙みしめた。悲しそうだった。あの写真を見て興奮し、三回もオナニーしたと告白したときは嬉しいと言っていたけれど、毎度毎度引きあいに出されるのはつらいのかもしれない。

あの写真に写っている美砂子は、過去の恋人に抱かれているのである。現在の夫ではない男とのセックスで、激しく乱れているのだ。

2

待ち合わせした相手がなかなかやってこないことに、宗一郎は焦れていた。

もう四十分も待っているが、相手は悪くない。

約束の時間は午後八時なのに、宗一郎と美砂子が七時に到着してしまったから、こんなことになってしまったのである。

そのホテルのロビーにはバーが併設されており、待ち時間が一時間もあるなら、ちょっと一杯ひっかければよかったのかもしれない。しかし、アルコールが入るとただでさえ自信がない勃起力がさらに弱まりそうだし、水分のとりすぎで行為中に尿意を催しても困る。

隣に座っている美砂子をチラッと見た。ちょっと気の毒になるほど青ざめた顔をしていた。とても話しかけられる雰囲気ではなく、おしゃべりで時間を潰すことさえできない。

あと二十分、ここは黙って待つしかないようだ。

ソフトＳＭの提案を一蹴された美砂子が、次に出したアイデアが夫婦交換だった。

宗一郎は妻の本気を感じた。

もはや執念なのかもしれなかった。

「夫婦交換って、キミが他の男に抱かれるのかい？」

宗一郎はさすがに顔をしかめた。

「あなたはその奥さんを抱くのよ」

「別々の部屋で？」

「そう。夫婦がそれぞれホテルに部屋をとって、夫が入れ替わるの」

宗一郎は即座に却下しようとしたが、こちらが口を開くのを制するように、美砂子は言葉を継いだ。

「だってあなた、わたしの過去の写真に興奮したんでしょう？　ああいうセックスがしたいのよね？　ひとつ確認しておきますけど、あなたはあの写真の中のわたしがすごく乱れてるって言ってました。でも、そんなことないと思う。たしかにね、最初に写真が見つかったときは、元カレのほうがすごくエッチがうまいみたいな言い方しちゃったけど……あれは嘘。あのときわたし、パニックになりそうなくらい動揺してたから……元カレのエッチだって、あなたとそんなに変わらない。あなたに抱かれてるときだって、わたしはあんなふうに乱れてるはず……でも、あなたはあの写真に過剰(かじょう)に反応してるわけ。これがどういうことかって分析したら、あなたにはネトラレ願望があるのよ。わたしが他の誰かに抱かれてるってところに興奮してて……」

「ちょっと待ってくれよ」

宗一郎は太い息を吐きだした。

「いまはまだ、言われたばっかりだから、自分にネトラレ願望があるのかどうかわからない。でも、もしあったとして、キミは平気なわけ？　知らない男に抱かれたり、僕が誰かの奥さんを抱いたり……」

「平気なわけないでしょ！」

睨(にら)まれた。

「平気じゃないけど、それであなたが興奮するなら、チャレンジしてみたいの。あなたと燃えるようなセックスがしたいの。わたし、間違ってる？　恥ずかしい女だって軽蔑(けいべつ)する？」

吊りあがっていた眼尻がさがり、ひどく悲しげに見つめてきた。

宗一郎は胸が熱くなった。美砂子に対して申し訳なかった。自分はまだ、彼女ほどの真剣さと情熱をもって、セックスレスと向きあっていないのかもしれない。

「でもさ……僕にネトラレ願望があるとするなら、夫婦交換じゃなくてもいいんじゃないの？　キミが誰かと浮気すれば……」

「それだとフェアじゃないから嫌なの」

美砂子は言下に却下した。

「わたしが浮気するだけだと、なんか罪悪感ありそうだし……ふたりですればそういう心配がいらないじゃない？」

「そうかもしれないけど……」

「実はね、もう候補がいるのよ」

「はっ？」

「夫婦交換の愛好家が集って（つど）てる掲示板を見つけたから、何人かとメールのやりとりしてみたら、いい感触の夫婦が見つかってね……同い年なのよ。ご主人はあなたと同じ四十歳で、奥さんはわたしと同じ三十五歳。なんか運命を感じない？　夫婦交換は何度かやってるらしいし、こっちが初心者ですって言っても、大丈夫、おまかせくださいって感じで……」

「そんなところまで話が進んでるのか……」

「写真、見る？」

美砂子がスマホを向けてきた。夫婦のツーショットが映っていた。夫は黒いスーツにオールバックで、妻は真っ赤なドレスに金髪――水商売だな、と宗一郎は直感的に思った。同世代にしては、ふたりとも艶がありすぎる。

「ご主人はバーテンダー。有楽町にあるバーのオーナーで、奥さんは銀座のホステスなんですって。どう思う？」

「どう思うって言われても……」

夫のほうはチョイワルふうだが清潔感があり、体型もスリムで、四十歳にしては上等な部類に入るだろう。カウンターの中でシェイカーでも振っていれば、胸をときめかせる女性客も多そうである。

問題は妻のほうだった。

「これ……ちょっとケバくないか？」

仕事用の装いなのだろうが、金髪に加えてメイクが濃すぎる。美人かどうかさえ、よくわからないくらいだ。美砂子と同じ年らしいが、年齢の問題ではなく、人種が違う。高級クラブに縁のない生活を送っている宗一郎にとっても、未知の生物だ。

「そう？　けっこう人気のホステスさんらしいわよ」

美砂子はシレッと答えた。

「お店でナンバーワンなんですって。銀座のナンバーワンって言ったらあなた、人気アイドルグループのセンターみたいなものよ」

「他人事だと思って……」

宗一郎が押し黙ると、

「なによ」

美砂子は急に険しい顔になった。

「そりゃあ、ちょっとケバいかもしれないって、わたしだって思ったわよ。でも、そこは譲ってくれてもよくない？　わたしは好きでもない男とセックスしなくちゃいけないのよ。ネトラレ願望のあるあなたを興奮させるために！　だからわたしは、ぎりぎり許せそうな相手を選びました。そうしたら奥さんがちょっと派手な人でした。あなたが我慢すべきでしょ、そこは」

「僕がこんなケバい女とセックスしても平気なんだね？」

「平気じゃないって言ってるでしょ！　でも、ケバいほうが逆に許せそうな気がするの。あなたはそういうタイプじゃないけど、男の人なら、酔った勢いで風俗に行っちゃったり、ホステスさんを口説くことだってあるわけじゃない？　そんなことに目くじら立てる度量の狭い女になりたくないって、わたしは昔から思ってたわけ。だから、そういう事故みたいなことがあったと思えば、許せるかなって……」

美砂子の言い分にも一理あると思った宗一郎は、渋々了解した。というか、渋々でも了解しなければ、美砂子が本気で怒りだしそうだった。

とはいえ、相手夫婦とスケジュールを調整し、実際に会うまでの一週間で、宗一郎の心境には大きな変化があった。

（あと一週間で、美砂子があのバーテンに抱かれるのか……あと六日……あと五日……あと四日……）

決戦の日が迫ってくるに従って、妻を見る目が変わっていった。

美砂子はもう、ベッドインのプレッシャーをかけるためにリビングでスキンケアをしたり、白いパジャマにセクシーランジェリーを透けさせたりせず、ごく普通に振る舞っていたが、メンズライクなチェックのパジャマを着ている姿さえ、異様に色っぽく見えてきた。

夜の盛り場に足を向けることが少ない宗一郎でも、バーテンダーが女にモテる職業であることくらい知っている。

ほろ酔い加減の女が口にするのは、愚痴か悩みと相場は決まっているものだ。みずからガツガツ口説かなくても、やさしい聞き役に徹していれば、女はいとも簡単に体を許してくれるらしい。しかも、懐にも余裕があるオーナーなら、まさしく入れ食い状態。日替わりで抱く女を替えていると言われても、驚きはしない。

あの男もモテそうだった。

水商売に従事している者特有の、なんとも言えない色気があった。

なにより、ほぼ容姿だけで、あの美砂子のお眼鏡にかなったのだ。

夫婦交換の掲示板で、何人かとメールのやりとりをしたと言っていたが、美砂子はそんなに甘い女ではない。少なくとも何十人、下手をすれば百人を超える相手とメールをして、選びに選んだに決まっている。

セックスをする男を、だ。

モテ男やヤリチンにセックス巧者はいないという説がある。女を満足させようと自分が必死に頑張らなくても、抱かれただけで女は満足するし、なんなら女のほうが奉仕してくれるからだ。

しかし、あの男に限っては、そのセオリーが通用しない気がする。

途轍もなくセックスがうまそうな気がしてならない。

バーテンダーというモテ職に就きながら、夫婦交換というアブノーマルなプレイも積極的に行なっているのは、精力絶倫のなによりの証拠だ。

そして、あの妻である。あんなケバい女を手懐け、結婚しているのだからタダ者であるはずがない。

バーテンダーが男のモテ職なら、ホステスだって女のモテ職。雑なセックスをする男を結婚相手に選ぶわけがないし、偏見かもしれないが普通の女より性欲がありあまっていそうだ。そんな女を満足させているのだから、あの男は絶対にセックスがうまいはず……。

決戦前夜のことである。

寝室のドレッサーの前でスキンケアをしていた美砂子の後ろに、宗一郎は思いつめた顔で立った。

「なによ？」

美砂子は顔面マッサージをしながら、鏡越しに怪訝な眼をこちらに向けた。女がスキンケアをしている姿は男の眼には滑稽に映るものだし、持っているパジャマの中でいちばん地味な紺色のものを着ていた。

にもかかわらず、水のしたたるような色香があった。女盛りのフェロモンをむんむんと振りまいて、近くにいると息苦しくなるほどだった。

「……しないか？」

宗一郎がボソッと言うと、

「えっ？　聞こえない」

美砂子は顔面マッサージをしながら返した。

「エッチ、しないか？」

「はっ？」

顔面マッサージをやめて振り返った。キョトンとした顔をしている。

「明日、夫婦交換なんですけど」

「関係ないだろ。僕たちは夫婦なんだから、いつしたっていいじゃないか」

「どうしちゃったの？」

美砂子はふっと笑い、

「セックスレスを解消するために、夫婦交換することにしたんでしょう？　なんでいましたいわけ？」

「わからない」

宗一郎は力なく首を振った。

「でも、したくてしたくてしようがない。顔中ニキビだらけだった、思春期のころみたいに……」

美砂子は笑った。ニンマリ、としか形容しようがない、見たこともない卑猥（ひわい）な笑顔を浮かべて立ちあがり、ベッドに座り直した。

「あなたってやっぱり、ネトラレ願望があったのね。明日、わたしが他の男に抱かれると思うと、興奮してしようがないんでしょ？」

「わからない……でも抱きたい……」

宗一郎も美砂子の隣に座り、横から抱きしめようとしたが、

「ダメ」

冷たく突き離された。

「明日のために、精力残しておきなさい」

「あんなケバい女、抱きたくない。キミを抱きたい」

伸ばした手を、また冷たく払われる。

「ダーメ」

美砂子はニマニマと笑っている。腹の立つ笑い方だ。

「今日はしません。お・あ・ず・け」

「……くせに」

「はっ？　もごもご言っても聞こえないわよ」

「セックスしたいって泣いてたくせに……」

「言ったわね。もう絶対させてあげない。したくてしたくて、でもパートナーがその気になってくれない苦しみを、わたしは三カ月……ううん、もう四カ月も我慢しました。その苦しみを、あなたも今夜ひと晩、じっくり噛みしめればいいわよ」

「意地悪言うなよ……」

「どこが意地悪なのよ。意地悪っていうのはね、こういうことよ……」

美砂子はベッドにあがって四つん這いになった。

「明日わたしは、こうやって後ろから突かれるの……」

腰をくねらせ、尻を振った。色気のない紺色のパジャマに包まれてなお、尻の丸みに女らしさがうかがえ、宗一郎は悩殺された。

「キッ、キミは僕にだって後ろからなんてさせてくれなかったぞ。正常位以外はダメとか言って……」

「でも、明日はされるのよ。バックが好きじゃないのはね、お尻の穴を見られるから。でも、明日は見られる。夫にも見せたことがない恥ずかしいところを見られても、わたしは四カ月ぶりのエッチだから、感じまくって、あえぎまくって、恥ずかしがることもできない。もっとちょうだい、もっとちょうだい、とか叫びながら、たぶんイク。なんならイキまくる……」

宗一郎は両手で頭を掻き毟った。美砂子がベッドで「もっとちょうだい」なんて叫んでいるのを聞いたことがなかった。だが、明日は言うのか？　見ず知らずの男にバックから突かれて、そんな破廉恥(はれんち)な台詞(せりふ)を口にするのか？

「わたしだって人妻だから、それなりのサービスもしないとね……」

美砂子が上体を起こした。

「三十五にもなって、ワンワンスタイルでイキまくらせられてるだけの、おばこい女だと思われたくないもの。バックでたっぷり突かれたら、お返しに……」

ベッドに座り、腰を動かしはじめる。エアセックスだ。

「騎乗位までするのかよ！」

「するでしょ、普通」

「僕とはしたことがない！」

「それはあなたが求めないからです」

「求めたら怒るじゃないか」

「怒られても強引にリードしなくちゃ。女はそれを待ってるの……」

からかうような流し眼を向けられ、猛烈に腹がたった。

「あの男、そういうのうまそうだから、こんなこともされちゃうかも」

美砂子が両脚を立てた。騎乗位のまま、M字開脚だ。男が下にいれば、性器と性器の結合部が……。

「みっ、見られる！　繋がってるところを見られるぞ！」

「でしょうね」

美砂子はニマニマ笑いながら、腰を動かすのをやめようとしない。

「あなたはよく知ってると思うけど、わたしは両脚の間を見られるのが死ぬほど恥ずかしい女です。でも、見られちゃう。照明だって明るいまま……恥ずかしすぎて、わたしはたぶん泣くでしょう。でも、泣きながらイッちゃうの。どうしてだと思う？　愛する夫に四カ月も放置されたからよ！」

美砂子の腰の動きはいやらしくなっていくばかりで、顔まで紅潮してきた。眉根を寄せ、瞳を潤ませて、欲情を伝えてくる。

「ううう……」

宗一郎は固く握りしめた拳を震わせた。挑発的な妻の態度に怒り狂っていたが、それ以上に興奮していた。パジャマのズボンを突き破りそうな勢いで勃起して、いても立ってもいられなかった。

3

約束の時間ぴったりに、待ち人は現れた。

辛島武之（からしまたけゆき）、麻理江（まりえ）の夫婦である。

「どうも、初めまして」

人懐こい笑顔で挨拶（あいさつ）してきた辛島は、おしゃれなモスグリーンのジャケットを着ていた。髪に油っ気がないせいか、写真で見たよりも若く見える。

夫の笑顔に合わせるように、妻の麻理江もニコニコ笑っていた。笑顔の質がよく似ている夫婦だと思った。水商売仕込みの営業スマイルだろうか。

麻理江は黒地に花柄をあしらったワンピースを着ていた。ドレスでなくとも艶（つや）やかな雰囲気をまとっているのは、やたらと胸が大きなうえ、ヘアスタイルが金髪ロングのせいだろう。ケバいというほど化粧が濃くなかったのでホッとした。写真で見たよりずっと綺麗（きれい）だった。眼と口が大きく、鼻が高いという、顔立ちからして派手な女だった。

（向こうはこっちをどう思ってるんだろうな……）

四人でエレベーターに乗りこみながら、宗一郎は思った。

一見して垢抜けている辛島夫婦に対し、こちらはふたりとも、濃紺のスーツ姿だ。美砂子のスーツはブランドものだし、そもそも顔面偏差値が高いからいいけれど、宗一郎は誰が見てもパッとしない地味な中年サラリーマンである。

「それじゃあ、お先に……」

辛島が美砂子をエスコートし、エレベーターを先におりた。宗一郎が行くべき部屋は、さらに一階上である。

麻理江とふたりきりになった。

それほど気まずい雰囲気にならなかったのは、麻理江が笑顔を絶やさなかったからだろう。なにが面白いのか、会った瞬間からずっと笑っている。

「緊張してますよね？」

麻理江が声をかけてきた。少しハスキーで、甘い声だった。

「わたしも、最初のときは震えがとまらないくらい緊張したな……」

「夫婦交換は何度目ですか？」

「これで四回目」

「じゃあ、もう慣れました？」

麻理江は首を横に振り、近づいてきた。香水の匂いがした。妻とは違う匂いだ。

「やっぱりすごく緊張してる」

手を握られた。宗一郎はビクッとしたが、麻理江の手が震えていたので、突き離すわけにもいかなかった。麻理江の手は細くて柔らかかった。心臓が暴れだしたように、鼓動が速まっていく。

エレベーターをおりて、部屋に入った。

シングルベッドがふたつ並んだツインルームだ。料金が高いわりには狭かったが、気圧されてしまいそうなほどスタイリッシュな雰囲気で、さすが外資系ブランドホテルだと唸った。それに、白いレースのカーテンを開ければ、光り輝く夜景が見えるはずだ。この部屋に訪れたカップルはきっと、なにを置いてもまずカーテンを開くに違いない。

だが、宗一郎にそんな余裕はなかった。横眼でチラッと麻理江を見た。もう笑っていなかった。緊張のあまり胸が苦しくなり、背中に冷や汗が流れていく。

童貞を喪失したときのことを思いだした。いまから二十年前、大学二年の夏休みに、同い年の恋人と海辺のホテルで初体験した。ここのようにスタイリッシュなブランドホテルではなく、古くて小さなホテルだった。

あのときも心臓が爆発しそうなほど緊張していたが、いまもなかなかのものだった。初体験のときは好きあった者同士だったけれど、いま目の前にいるのは今日が初対面で、おまけに人妻なのである。

「先にシャワー使っていいですか？」

麻理江がうつむいたまま言ったので、

「あっ、ええ……すいません。気がまわらなくて……」

宗一郎はしどろもどろに答えた。

麻理江がバスルームに消えていくと、カーテンを開いた。眼下に東京の夜景がキラキラと輝いていた。

ロビーで一時間も見ていたので、もうそれほどの感動はなかった。ただ、非日常感というか、現実離れをした場所にいる気分は続いている。地上に輝く星々をぼんやりと眺めていると、気持ちが妙に浮ついて、なんだか夢の中にいるみたいだ。

（あいつ、大丈夫かな……）

一階下の部屋にいる美砂子のことが気になった。ゆうべは挑発的な態度で苦しめられたが、彼女は元来、真面目な女である。自分も浮気をしない自信があるけれど、美砂子が浮気をするというのも考えたことがない。

その美砂子がいま、美しい夜景の見えるホテルの部屋で、モテ職バーテンダーとふたりきり……。

真面目だと思っていた妻も、実は過去に不倫をし、ハメ撮りの経験まであることが判明していた。バーテンダーはいままで培った手練手管を総動員し、夫も知らない妻の本性を暴くだろうか。丁寧かつ執拗な愛撫で、快楽のことしか考えられない盛りのついた牝にしてしまうのか。

『元カレのエッチだって、あなたとそんなに変わらない』

美砂子はそう言っていたが、額面通りには受けとれない。あのポラロイド写真に写っていた若き日の彼女は、自分に抱かれるよりも絶対に燃えていた。だいたい、夫の宗一郎には明るいところで性器を見せてくれたこともないのに、カメラの前で両脚をひろげていたのである。

勃起してしまった。

いまシャワーを浴びている女なんてどうでもいいから、美砂子を抱きたかった。自分にはたしかに、ネトラレ願望があるのかもしれない。だがそれは単なる願望であり、もっと言えば妄想のようなものであって、現実になってしまうと困るような気がする。バーテンダーに抱かれたあとの美砂子と対面し、彼女への愛がどんなふうに歪(ゆが)んでしまうのか、まったく自信がもてなくなってくる。

バスルームから麻理江が出てきた。

豊満な体にバスタオルを巻いただけの無防備な格好をしていたが、いまから彼女とセックスするというのが、とても現実のこととは思えない。

「じゃあ、僕もシャワーを……」

逃げるようにバスルームに向かおうとする宗一郎の手を、麻理江がつかんだ。

「いいですよ、べつに」

麻理江が言い、宗一郎は首をかしげた。

「わたし、男の人の体臭で興奮するタチなんです」

麻理江はまだ、宗一郎の手をつかんだままだった。空いているほうの手で、バスタオルを落とした。

驚くほど大きな乳房が現れ、宗一郎はたじろいだ。まるでプリンスメロンのように、たわわに実っている。そのくせ腰はくっきりとくびれ、ヒップもボリューミーだった。これほど凹凸に富んだボディというのを、生で見たことがなかった。美砂子がスレンダーなモデル体形なので、よけいに驚いてしまう。

金縛り（かなしば）りに遭（あ）ったように動けなくなった宗一郎の足元に、麻理江はしゃがみこんだ。手早くベルトとボタンをはずし、ファスナーをさげると、ブリーフごとズボンを太腿（ふともも）までおろしてしまう。

イチモツは勃起していた。先ほど美砂子が抱かれているところを想像してしまったからだが、臍（へそ）を叩くような勢いで反（そ）り返っているのは、麻理江が全裸になったからに違いなかった。

「元気ですね……」

まぶしげに眼を細め、麻理江が男根に指をからみつけてくる。

「奥さまからのメールだと、ご主人が弱ってきたようなことが書いてありましたけど……これなら充分、女を満足させられるんじゃないかしら……」

「そっ、そんなメールを、うちのがしたんですか……おおおっ！」

先端を口唇に咥えこまれ、宗一郎は声をあげた。亀頭を生温かい粘膜でぴったりと包みこまれ、首に筋を浮かべてのけぞった。

大きなキャンディーでも舐めまわすように、麻理江は亀頭を舐めしゃぶってきた。部屋に入るまで笑顔を絶やさなかったくせに、いまは真顔だった。いや、亀頭を舐めれば舐めるほど、眼の下が生々しいピンク色に染まってくる。金髪を振り乱して、唇をスライドさせてくる。

「おおおっ……おおおおっ……」

宗一郎は声を出すのを我慢できなかった。間違いなく、いままで経験した中で最高のフェラチオだった。麻理江は口が大きく、唇が分厚い。それがすぼまったりひろがったりしながら、亀頭をしゃぶってくる。唾液の分泌量が多いらしく、彼女の口の中はヌルヌルしていて、吸われるたびに、じゅるっ、と卑猥な音がたつ。

しかも、右手では男根の根元をしごき、左手で玉袋をあやすという、同時攻撃まで仕掛けてきた。男根が限界まで硬くなると、今度は鈴口をチューチューと吸われた。我慢汁が出ているのは間違いないのに、麻理江はためらうことなく嚥下する。

「おおおっ……おおおおっ……」

宗一郎は野太い悶え声をもらしながら、激しく身をよじった。醜態をさらしている自覚があっても、快楽に翻弄されてなにもできない。麻理江は顔中が唾液まみれになるのも厭わず、肉棒の裏側に舌を這わせてくる。先っぽを尖らせたり、なめらかな舌の裏側を使ったり、とにかく愛撫のヴァリエーションが豊富である。

「うんあっ……」

もう一度亀頭を咥えこまれると、宗一郎は天を仰いでぎゅっと眼をつぶった。瞼の裏に熱い涙があふれた。顔中が燃えるように熱くなっていた。気持ちがよすぎて泣いたことなんて、いままでになかった。少なくとも、フェラチオをされている状況では絶対にない。

だが……。

(かっ、彼女は平気なのか……会ったばかりの男に、こんなに情熱的なフェラをするなんて……)

ふと脳裏をかすめた想念のせいで、快楽に集中できなくなった。

バスルームから出てくるなり、いきなり仁王立ちフェラ——これほど淫らな妻を娶っているということは、夫のほうだってかなりの好事家であることは、もう疑いようがない。

好事家のセックスがどんなものなのか想像もつかないが、妻にしていることを夫婦交換の相手にも求める可能性は高いのではないだろうか？

美砂子はフェラチオが下手だった。というより、毛嫌いしていた。求めても露骨に嫌な顔をするので、宗一郎は求めないようになった。

そんな妻に、あのバーテンダーが仁王立ちフェラを求めたら……。

ツンツンしていても、美砂子は常識や礼儀を知らない女ではない。むしろ大事にするほうだから、合意のうえで夫婦交換をしておきながら、フェラチオにNGを出したりはしないだろう。内心嫌々でも、せざるを得ない。

あの気位の高い美砂子が、男の足元にしゃがみこんで、口腔奉仕をするなんて……。

いや、いま現在、すでにしているかも……。

興奮よりも、悲しみが押し寄せてきた。

単純な悲しみではなく、もっと複雑な感情に胸の中を掻きまわされ、宗一郎のイチモツは、麻理江の口の中でみるみる萎えていった。

4

（まったく、なにやってるんだろうな……）

ベッドに横たわった宗一郎は、放心状態に陥っていた。

スーツを着たままだった。太腿までおろされていたブリーフとズボンは元に戻してある。イチモツはちんまりした状態で、ピクリとも動かなくなっていた。そんなものをさらしていても、ただひたすらにみじめなだけだ。

麻理江はバスルームに消えていた。

萎えたペニスを見た彼女は、一瞬眼を丸くしたけれど、「大丈夫ですよ」と笑顔で慰めてくれた。見た目だけでケバい女だと決めつけていた自分を、ぶん殴ってやりたかった。麻理江は心根のやさしい、素敵な女性だった。こちらが醜態をさらしても、嫌な顔ひとつしなかった。

とはいえ、内心ではがっかりしていることだろう。

刺激や興奮を求めて夫婦交換にやってきたのに、相手の男が役立たずでは、性欲を満たすどころか、気分が悪いに決まっている。

先ほどシャワーを浴びたばかりなのに、再びバスルームに向かったのは、帰り支度をするために違いない。裸でいたって見せ損になるだけだから、戻ってくるときは服を着ているはずだ。

予定では、午後八時にロビーで落ちあい、十一時には行為を終了。男たちは部屋を出て、妻の元に向かうことになっていた。

時刻はまだ午後八時半を少し過ぎたところ。あと二時間半、時間を潰すのが大変そうだった。ルームサービスを頼んで酒席にしてしまうことも考えたが、ここは高級ホテルである。なにを頼んでも高いに決まっている。ルームチャージだけでも一カ月分の小遣いが吹っ飛んだのに、これ以上の散財はできない。

「ちくしょう」

悪態をついても、虚しいだけだった。いまこの瞬間にも、美砂子はバーテンダーに抱かれている。ゆうべ美砂子が予見したように、四つん這いにされて尻の穴まで見られているかもしれない。それを思うと胸の中の嵐はおさまらず、むしろますます激しくなっていくばかりで、後悔と自己嫌悪で吐き気までこみあげてきそうだった。

　夫婦交換なんてやめておくべきだったのだ。

　セックスレスからの脱却に執念を燃やす美砂子に押され、つい了解してしまったけれど、根本的に間違えていた。自分たち夫婦の目的はセックスをすることであって、変態プレイではない。

　夫婦交換などしなくても、美砂子を抱けばよかったのだ。できるはずだった。ゆうべはあれほど興奮していたのだから……もちろん、夫婦交換が翌日に迫っていたから、興奮していたのだが……。

　麻理江がバスルームから出てきた。

　驚愕のあまり、宗一郎はもう少しで叫び声をあげてしまうところだった。

　てっきり、ロビーで会ったときの黒いワンピース姿になっていると思っていたのに、麻理江は下着姿だった。それも、赤と黒の扇情的なセクシーランジェリーであり、腰に巻いたガーターベルトで、セパレート式のストッキングを吊っている。金髪ロングの髪型と相俟って、映画に出てくる白人の娼婦のようだ。

「どうですか？」

　笑顔でベッドの近くまでやってきた麻理江は、その場でくるりと一回転した。笑顔が愛嬌満点なところは、ピュアな日本人だった。

「今日のために新調したんです。わたし、可愛い下着が大好きで」

「いっ、いやあ……」

宗一郎はにわかに言葉を返せなかった。

麻理江が着けている下着は、「可愛い」という形容詞がまったく似合わないものだった。ハーフカップのブラジャーから豊満な乳肉がはみだして、驚くほど深い胸の谷間がすっかり露わだし、ショーツはえげつないほどのハイレグで、しかも透ける素材だから、逆三角形の草むらが少し見えている。

だいたい、ガーターベルトやセパレート式のストッキングなんて、宗一郎は雑誌のグラビアでしか見たことがなかった。日常的にこんな下着を着けている女がいること自体に驚いてしまう。

いや、そんなことを言っている場合ではなかった。

麻理江はなぜ、帰り支度をしなかったのだろう？　セクシーランジェリーでこちらを悩殺し、萎えたイチモツを蘇らせてくれるつもりなのか。そうであるなら、こんなに気が利く女もいないが、宗一郎はイチモツだけではなく、心まですっかり萎えていた。続きをするのは無理である。

麻理江は向かいのベッドに腰をおろすと、

「心配しないでくださいね」

恥ずかしそうに親指の爪を噛みながら言った。

「エッチを再開するために、これを着けたわけじゃないですから。奥さんのことが気になるんですよね？　よくわかります。でも、わたしはわたしで、このままじゃ帰れないんです。満足しないで帰ると、夫に心配されちゃうから……少しだけ協力してもらっていいですか？」

「……なにを？」

「自分で自分を満足させますから、見ててください」

麻理江がオナニーをするつもりなのだと理解するまで、三秒くらいかかった。

「わたし、見られていると興奮するんで……」

「はあ……」

宗一郎は呆気（あっけ）にとられていた。満足しないで帰ると、夫に心配される——これはわかる。夫婦であれば、満足したのかしなかったのか、顔色だけで察することができるかもしれない。

しかし、そうならないためにオナニーを見せる——いささか大胆すぎやしないだろうか。オナニーをしているところを人に見せるなんて、自分だったら恥ずかしくて絶対にできない。

心配する宗一郎を尻目に、麻理江はベッドに横たわった。あお向けである。

(マジか……マジでオナニーを見せてくれるのか……)

宗一郎は期待と不安でそわそわしはじめたが、麻理江はなかなか自慰を開始しなかった。両手で顔を、「熱い、熱い」と扇いだりしている。

やはり、恥ずかしいのだ。

「僕、席をはずしましょうか?」

宗一郎は遠慮がちに声をかけた。

「風呂にでも浸かってきますから、その間に……」

「そこにいてください」

麻理江は即座に返してきた。

「ひとりでやったら、共同作業にならないし……共同作業にならないと、不公平じゃないですか……」

「不公平？」

「だって、あなたの奥さん、いまうちのダンナに抱かれてるんですよ？」

胸にドキンと痛みが走った。

「だから、そこで見ててください……わたしが恥ずかしいことするところ……」

言いつつも、オナニーは始まらなかった。麻理江は何度も深呼吸をしたり、顔を扇いだりしているが、覚悟が決まらないようだ。

「見られていると興奮する」と彼女は言っていたが、あれは嘘かもしれなかった。少なくとも、先ほど会ったばかりの男に見られるのは恥ずかしいのだ。わざわざセクシーランジェリーを着けてきたのも、そんな自分を鼓舞するためなのかもしれない。

そうなると、にわかに宗一郎のほうが興奮しはじめてしまった。

大学を出て間もないころの話だが、酔った上司に強引にストリップ劇場に連れていかれたことがある。原色のライトに照らされた女体は綺麗だったが、まったく興奮しなかった。ストリッパーが恥ずかしがっていなかったからだ。

「あのう……」

麻理江が上ずった声で言った。

「いつもはそのう……上を向いて脚をひろげてやるんですけど、ちょっと恥ずかしいんで、こうしますね……」

ベッドの上で体を反転させ、四つん這いになった。

（うおおおっ……）

宗一郎は胸底で声をあげた。ヒップがびっくりするほど大きくて丸かった。ショーツがＴバックなので、真っ白い尻丘も剝きだしだ。

四つん這いになったことで、胸の大きさも強調された。下を向いたたわわな乳房が、ハーフカップのブラジャーからいまにもこぼれてしまいそうだ。

もじもじと動きだした。右手が下半身に這っていった。金髪のロングヘアに隠れてしまって、顔は見えない。それでも、四つん這いになった肢体（したい）からは欲情が伝わってくる。右手が股間に到達すると、麻理江はくぐもった声をもらしながら、腰をくねらせはじめた。

オナニーしているのかどうか、宗一郎にはよくわからなかった。横から見ているのがいけないのかもしれなかった。気配を殺して立ちあがり、抜き足差し足で麻理江の後ろにまわりこんでいく。

いけないことをしているような後ろめたさがあったけれど、見てほしいと言ったのは麻理江だった。そして美砂子はいま、麻理江の夫に抱かれている。麻理江の恥ずかしいところを見る権利はあるに違いない。

（こっ、これは……）

四つん這いになった麻理江の後ろにまわりこむと、ショーツの中で指がもぞもぞと動いているのがわかった。しかし、強く眼を惹かれたのはそこではない。

彼女はTバックショーツを穿いていた。アヌスがいまにも見えそうなのだ。色素沈着でセピア色に肌が変わっているところまで見えている。

人妻のアヌスだった。罪悪感が胸で疼いた。見てはいけないものを見てしまった気がした。

しかし、美砂子もいま、夫の自分にさえ見せてくれないアヌスを見せてバーテンダーに後ろから突かれていると思うと、眼をそむける気にはなれなかった。むしろ、もっと見たくなってきた。

「おっ、奥さんっ！」

叫ぶように声をかけた。

「後ろから見ると、ものすごくいやらしいですよ。ワンワンスタイルでオナニーしている姿……」

「やっ、やだ……」

麻理江が金髪を掻きあげながら振り返った。

「いつの間に、そんなところに……」

「もっとよく見せてくださいよ」

「パンツを脱げっていうの？」

麻理江の瞳は欲情に潤みきって、ささやく表情がいまにも泣きだしそうだった。

「いや、その……嫌ならいいですけど……」

宗一郎は急に弱気になった。嫌がる人妻から、無理やりパンツを脱がせたがる男にはなりたくなかった。

麻理江は言葉を返さず前を向くと、四つん這いのまま両手を後ろにまわし、ショーツの両サイドをつかんだ。腰をくねらせ、尻を振りたてながら、じわじわとショーツをおろしていった。なにしろ尻丘が豊満なので、左右に振られるたびに、プリン、プリン、と音がしそうだった。

アヌスが見えた。女にとってはある意味、性器を見せるより恥ずかしい部分をさらけだし、続いてアーモンドピンクの花が咲き誇った。いや、まだ口をぴったりと閉じていたので蕾の状態だが、花びらの色艶がいやらしすぎる。

「あああっ……」

麻理江は声をもらしながら指を使いはじめた。身のよじり方で、先ほどより興奮していることがはっきりと伝わってきた。

視線を感じているからだろう。宗一郎はまばたきをするのも忘れて、麻理江の恥部を凝視していた。

やがて、くちゃくちゃという粘っこい音が聞こえてきた。さらに、女が発情しているときに漂わせる濃厚な匂いも……。

（エッ、エロいっ……エロすぎるだろっ……）

鏡餅を彷彿とさせるほど豊満な尻丘も、それを支える逞しい太腿も、スレンダーなモデル体形の美砂子にはないものだった。なにより、人前でオナニーをする奔放さが、妻にはない。あるわけがない。

まるでこちらに喜悦を伝えるように、ぶるんっ、ぶるるんっ、と尻や太腿が震えているのを見ていると、男の本能を刺激された。麻理江のオナニーは大胆になっていくばかりで、割れ目に指まで入れはじめた。ヌプヌプと指先を沈めては、四つん這いの身をよじらせる。

「ねっ、ねえ……」

麻理江がまた、金髪を掻きあげて振り返った。顔中が生々しいピンク色に染まりきり、眉根を寄せていた。

「自分の指じゃ、あんまり奥まで刺激できないの……手伝って……」

「ゆっ、指を入れろと?」

「指じゃないものでも……いいけど……」

親指の爪を嚙みながら上眼遣いで見つめられ、宗一郎は夢遊病者のように彼女に近づいていった。

先ほど萎えてしまったイチモツは、とっくに蘇っていた。痛いくらいに勃起して、苦しくてしようがないくらいだった。

第二章　人妻の誤算

1

処女を捨てたときより、美砂子は緊張していた。

感情があまり顔に出ないほうなので緊張しない女だと思われがちだが、事実は逆だ。大学受験のときも、就職活動の最終面接のときも、自分でも情けなくなるくらい落ち着きを失っていたが、それらがものの数ではないほど、いまは緊張しきっている。手汗がとまらず、握りしめたハンカチがびっしょりと濡れているし、心臓の早鐘（はやがね）が胸を叩いて痛いくらいだ。

眼下に東京の夜景が見渡せる、外資系高層ホテルのロビー。

逃げだすことができるのなら、逃げだしたかった。

しかし、自分の決断が間違っているとは思えない以上、逃げだすという選択肢はない。考えに考えたすえの行動なのだから、いまさら泣き言を言っても始まらない。

夫婦交換——リスクはある。

宗一郎が他の女を抱いたところで、自分の気持ちが揺るぎないことには自信があった。夫が外でちょっと遊んだくらいで目くじらを立てるような女にはなりたくないと啖呵を切ったが、あれは本音である。

問題は彼の気持ちだった。

他の男に抱かれた妻を、果たしていままで通りに愛してくれるのか？　いや、いままで以上に愛されるために、美砂子はこの勝負に打って出た。だが、裏目に出る可能性もゼロではない。夫といえど、所詮は赤の他人。気持ちの底の底までは、完璧に読みとることはできない。

セックスについて、美砂子はずいぶん前から悩んでいた。

レスになった四カ月前よりはるか以前、もう二、三年も前からである。

宗一郎と結婚して、美砂子には思いがけない変化がふたつあった。

ひとつは、条件が合致したことで結婚を決めた相手を、いつの間にか好きになっていたこと。

宗一郎は側にいても邪魔にならない男だった。存在感が希薄なのだ。

恋愛は普通、会話が盛りあがって始まるものだと思うが、結婚前に宗一郎と会話が盛りあがった記憶はない。ただ、恋愛ではなく結婚するのなら、邪魔にならないタイプがいいと思った。

実際、その見立ては間違っていなかったのだが、宗一郎は存在感が希薄なくせに、やたらと気が利く男だった。家事全般が得意で、分担制だったはずなのに、いまでは彼がほとんどやってくれている。

とにかく、家のことでも美砂子のことでも、いまなにが必要なのかよく見てくれている。ルームウエアが古くなってきたな、と思っていたら、メモリアルデイでもないのにさりげなくプレゼントしてくれたこともある。デザインが若い子向けだったのはご愛敬だ。笑顔でお礼なんて言えなかったが、内心では嬉しくてしかたがなく、いちばんお気に入りのルームウエアになっている。

宗一郎はおそらく、他のことに興味がないのである。大酒を飲むわけでもなく、お金のかかる趣味もなく、ギャンブルや女遊びとは縁がないから、一緒にいる人間のことをきちんと見ていてくれる……。

そういう男を好きになるなというのは難しい話だった。家事をやってくれたり、プレゼントをしてくれるから好きになったわけではない。自分にはないものをもっているから好きになった。

美砂子は仕事が最優先で、宗一郎には絶対に言えないが、独身時代にひとり暮らしをしていた部屋は、いつだって嵐が過ぎ去ったあとのようにメチャクチャだった。本当に申し訳ないけれど、宗一郎が高熱を出して寝込んでいても、看病の仕方がわからなくて、何日も放置していたこともある。仕事人間は仕事以外では極めて無能――深く反省した。

そして、変化のもうひとつは、セックスである。

新婚時代は宗一郎にも人並みの精力があり、毎日毎晩とまでは言わないが、一日置きくらいにはセックスを求められた。美砂子は同棲の経験がなく、そんなふうにセックスが日常的になったことがなかった。付き合っている恋人がいても、せいぜい二週間に一度くらいしかしていない。

最初は義務感のほうが大きかったけれど、数をこなしていると癖になってしまうのがセックスというものらしい。独身時代は積極的にセックスしたいと思ったことがないし、自慰だってほとんどしなかったが、結婚して二年も経つと、自分が夫婦の営みを楽しみにしていることに気づいた。

だんだん数が減っていき、三年目には週に一度くらいになってしまったけれど、宗一郎が求めてくるのは休日の前夜とわかっていたので、その日は絶対に他の予定を入れなかった。

問題は、抱かれれば抱かれるほど気持ちがよくなっていくのに、乱れられないことだった。もっと声をあげたいし、自分からも動いて我を失うほどのオルガスムスを嚙みしめたいのに、どうしてもできなかった。

宗一郎とのセックスが、義務感から始まったせいだった。ベッドでおとなしかったはずの妻が突然激しく乱れだしたら変に思われそうだし、最初はあれをするなこれをするなといろいろな注文をつけていたのだ。

本当は体位だっていろいろ試してみたいのに、いまさら自分が上になって腰を使うことなんてできない。男は視覚で興奮する生き物らしいから、鏡の前で立ちバックとかやってみてもいいのに、心やさしい紳士である宗一郎は、美砂子の顔色ばかりをうかがって決して大胆な提案をしてこない。

正直、苛々（いらいら）した。ルームウエアが古くなってきたらパッとプレゼントしてくれる気遣いができるくせに、どうしてベッドではそんなにも遠慮がちなのか、膝詰めで問いただしてやりたかった。

もちろん、そんなことはできないので、チャンスをうかがった。たとえばドラマを一緒に観ていて、男が優柔不断でなかなかカップルが成立しない展開があったとしたら、「男には強引さも必要なんじゃないかな！」と、どさくさにまぎれて本音をぶつけてやろうと手ぐすね引いて待っていた。

しかし、宗一郎はドラマが嫌いでスポーツ番組しか観ない。美砂子がドラマにチャンネルを合わせると寝室に行ってしまうので、チャンスはなかなか訪れず、そうこうするうちに中折れ事件が勃発して、ついにはセックスレスになってしまった。

泣きたくなった。

美砂子は大学時代の親友を三人ほど呼びだし、苦しい胸のうちを打ち明けた。赤ちゃんを産んだ友達なんていなかった。セックスレスの解決法を探るために、既婚者限定で女子会を開いたのである。

　そこで返ってきた答えは……。

「セックスレスはなったら終わりよ」

「修復は無理。それが男って生き物」

「だから、ならないように先手を打たないとダメなのよ」

「相手が求めてきたときに、適当に拒むのがポイントね。いつでも抱ける女に、男は興味を失うものなの」

「でもまあ、友達みたいな夫婦っていうのもいいんじゃないの。美砂子なんて仕事が命なんだからさ」

　目の前が真っ暗になった。みんなと別れると、ひとりふらふらと街を彷徨ってバーに入り、一点を見つめながらシングルモルトを七杯飲んだ。こうなったら、酔った勢いで夫に本音をぶつけてやろうと思った、ただし、暗くなってはいけない。シリアスにレスに悩んでいる女なんて重いだけだから、明るく本音をぶつけるのだ。

　玉砕覚悟というか、悪い予感しかしなかった。

　しかし、天は美砂子を見放していなかった。

家に帰ると、千載一遇（せんざいいちぐう）のチャンスが待っていたのである。

納戸にあったポラロイド写真は、わざと見つかるようにしておいたわけではない。ずいぶん昔に隠したまま、存在すら忘れていたものだ。

不倫の恋だったのは嘘ではなく、当時はそれなりに盛りあがっていたけれど、いまとなってはただの過去。両脚を開いた写真まで見られてしまったのは気が遠くなりそうになったが、そんなことはどうだっていい。

宗一郎はひとつ、大いなる勘違いをしている。身を焦（こ）がすほどの大恋愛だったり、大人のセックスでメロメロにされたから行為中の写真を撮らせたわけではなく、若い女というのは基本的に恥知らずなのである。

当時は二十二、三歳――体がピカピカに輝いているときなので、見せてもべつに恥ずかしくない。好きな男が相手なら、むしろ自慢したい。それが劣化していく様子を日々鏡で確認しているから、三十五歳のいまは明るいところで裸になんてなれないのである。

泣いてやった。

美砂子は人前で泣くことが少女のころから大嫌いで、小学校にあがってからは両親にすら涙を見せたことがない。

でも泣いた。女に生まれた切り札を切るなら、ここしかないと思った。自分でもびっくりするほど感情的になって、夫に本音を叩きつけてやった。

玉砕しなかった。宗一郎も本音を返してくれ、ふたりで泣いてしまった。

嬉しかったが、まだチャンスをつかんだだけだった。ものにできなければ、チャンスなんてあってもなくても同じである。

とはいえ、セックスについてフランクな会話が交わせるようになったのは、大きな前進だった。

宗一郎が興奮してくれるなら、マゾを演じてもよかった。美砂子はいままで付き合った男、あるいは口説いてきた男のほぼ全員に、「実はドMでしょ？」と言われたことがある。見当違いもはなはだしいが、要するにそれは彼らの願望なのだ。美砂子のようなタイプを性奴隷のように扱ってみたいのである。

ならば宗一郎にも通用するかと思ったが、今度はこちらが見当違いだった。SMというワードを口にした瞬間、心やさしい紳士に珍しく嫌な顔をされた。がっかりしたし、美砂子としても勇気を振り絞って提案したので頭にもきたが、それから数日後、夫の異変に気づいた。

宗一郎はお湯に浸かるのが苦手で、冬でもシャワーしか浴びない。にもかかわらず、妙に入浴時間が長くなった。しかも、お湯を溜めた痕跡がない。いつもは五分で出てくるのに、シャワーだけで三十分も四十分もバスルームにこもっている。一日だけではなく毎日である。

異常事態だった。

しかも、スマホをバスルームに持ちこんでいた。半身浴をしながらスマホをいじるならわかるが、シャワーを浴びながらそんなことをするわけがない。

完全にあやしかった。

妻に隠れて悪いことをするタイプではない宗一郎は、セキュリティーに無頓着(むとんちゃく)だ。スマホの暗証番号は、ずいぶん前から知っている。結婚記念日である。いつのぞいてみても、悪事の匂いなんてこれっぽっちも漂ってこない。

だが、その日に限って、ものすごいものを発見してしまった。

納戸に隠してあったポラロイド写真――現物はとっくに処分してしまったが、宗一郎はスマホの画像に収めていたのである。

夫がバスルームで毎日自慰をしている……。

あり得ない、とさすがに引いた。ドン引きだった。しかし、その対象が自分であるというのは、多少の救いになった。ＡＶを観ているよりはマシだと自分を励(はげ)まし、ネトラレ願望についてネットで調べてみた。

男性向けのポルノにはよくある設定のようだった。女にはよくわからない性癖だが、美砂子は心の狭い人間になりたくなかった。多様性の時代である。犯罪性を伴(ともな)わないなら、どんな性癖でも否定されるべきではない。

そんなにもネトラレ願望があるなら、それが夫のセックスファンタジーなら、それを叶(かな)えるためにひと肌脱いでもいい――気持ちが傾(かたむ)いていった。

このままでは夫がオナニストになってしまうかもしれず、そちらのほうがよほど怖かったせいもある。

もちろん、好きでもない男に抱かれたくはなかったし、それほど安っぽい女ではないつもりだったが、それで夫が自分に興奮してくれるなら、試してみる価値はありそうだった。

若いころなら考えられなかったけれど、美砂子ももう三十五歳。女としての賞味期限切れが近づいていることは自覚している。日々様々な努力を重ね、いまでも二十代と同じスタイルを維持(いじ)しているし、これからも維持するつもりだが、四十歳や四十五歳になれば、夫婦交換をしたくても相手を探すのに苦労するだろう。いまならまだぎりぎり、バリューがある。

それに……。

他の男に抱かれた自分に、眼の色を変えて挑みかかってくる夫を想像すると、しばらくの間、呼吸を忘れるくらい興奮してしまった。体が小刻みに震えだし、下半身のいちばん深いところが熱く疼きだした。

そしてもうひとつ……。

夫婦交換のごとき過激なプレイをひとつ挟めば、そこから先は夫婦の閨房(けいぼう)でも手放しで乱れられるのではないだろうか。

ますます下半身が疼いてしようがなかった。相手の男に開発されたと言えばベッドマナーに変化があっても不自然ではないし、ネトラレ願望のある宗一郎は宗一郎で、そんな美砂子に興奮する。

自分たち夫婦にとって、これ以上のウィン・ウィンはないはずだった。

2

ホテルのロビーに辛島夫婦がやってくると、美砂子の緊張はピークに達した。

ふたりとも写真と印象が違った。夫のほうはオールバックの髪をおろしてドレスダウンしていたし、妻のほうは化粧が薄かった。笑顔の可愛い人だな、と思った。あからさまに胸が大きかった。とんでもないグラマーだった。

嫉妬心が疼いた。嫉妬しなくていいような女を選んだはずなのに、自分でも驚くらい動揺してしまった。

気を取り直す暇もないまま、部屋に移動となった。

エレベーターをおりて絨毯敷きの内廊下を歩きながら、一、二、三……と美砂子は数を数えていた。

いままで体を重ねたことのある男の数だ。

宗一郎をのぞいて全部で六人。不倫の恋はあったが、いちおう全員恋人だ。一夜限りの恋というのを、美砂子は経験したことがなかった。誘われた経験もない。尻の軽い女に見られないよう、気を張って生きているからだろう。

とはいえ、一夜限りの恋というものに憧れがないわけではなかった。結婚してから、独身時代にそういう経験をしておけばよかったかもしれないと思った。もちろん単なる願望であり、現実のものにしようと思ったことはない。それがこんな形で実現してしまうのだから、人生というのは本当になにが起こるかわからない。

もし一夜限りの恋を経験するチャンスに恵まれたら、と妄想を逞しくさせてみたことがある。

思いきりいい女を演じてみたかった。

恋人候補の前で過剰に格好をつけるほど、美砂子は愚かな女ではなかった。付き合いが深まればすぐに、仕事以外はポンコツだとバレてしまう。

だが、一夜限りならバレやしない。

美砂子には「いい女」のイメージがひとつあった。

古いフランス映画のワンシーンだ。ジェーン・バーキンだったかジャンヌ・モローだったか、とにかくフランスを代表するような女優が、ベッドシーンを演じていた。男に抱かれながら、煙草を吸っていた。

その気怠いムードが、たまらなく格好よかった。セックスを楽しむのでも、快楽に溺れるのでもなく、「もうどうにでもして」とすべてを放棄しているように見えて、自分を貫いている男を含めて世界のすべてを支配している感じがした。

あれでいこうと思った。

たかがセックスじゃないか。夫婦交換なんて昔の美砂子なら嫌悪しか感じなかっただろうが、自分ももう若くない。好きでもない男に抱かれたくらいで落ちこまない。浮気はよくないが、これは夫の願望を叶えるためなのだ。そして叶えた先には、情熱的な夫婦生活が待っている——そう信じたい。

美砂子は煙草を吸わないし、夫の装いに合わせるためにドレスアップもできなかったのが残念だが、思いきり格好つけまくってやる。男がモテ職のバーテンダーなら、相手にとって不足はない。

だが……。

美砂子は緊張していた。処女を捨てたとき以上だった。辛島と部屋でふたりきりになると、心臓が口から飛びだしてくるような勢いで暴れだし、体は金縛りに遭ったように動かなくなった。

腰を抱かれ、キスをされた。美砂子はキスにこだわりがある。最初のキスがうまくいった男とは、その後の付き合いもうまくいくと信じているので、いつもなら上手なキスをするために全神経を集中するのだが、自分から迎えにいってしまい、歯と歯を軽くぶつけてしまった。

まるで中学生のキスだった。辛島に苦笑され、顔から火が出そうになった。うつむくと、指で顎を持ちあげられた。上を向いた唇に、もう一度唇が重なった。

辛島が舌を差しだしてきた。美砂子が唇を開くと、生温かい舌が口の中に入ってきた。口の中を舐めまわされた。いい女の格好いいキスがしたくても、舌がこわばってうまくできない。

キスを続けながら、辛島が体を触ってきた。両手でヒップを撫でまわされた。美砂子は体の芯にぞわぞわした悪寒のようなものが走り抜けていくのを感じた。それが夫以外の男に愛撫されているおぞましさのせいなのか、あるいは快楽を覚えているのかわからないほど混乱していた。

「……シャ、シャワー浴びてきます」

キスをほどき、なんとかそれだけを口にしたが、

「いいですよ、そのままで」

辛島はまぶしげに眼を細めて言った。

「僕も自宅を出る前にシャワーを浴びてきましたから、それでいいですか？」

このままセックスに突入しよう、ということらしい。

言葉を返すことも、うなずいたり首を振ったりすることさえできない美砂子の体から、辛島は服を脱がしていった。

ネイビーのタイトスーツ、白いブラウス、インナー、立ったまま次々と脱がされた。下着はワインレッドだった。燃えるような色合いも、可憐さとセクシーさを兼ね備えたデザインも、ワードローブの中でいちばんのお気に入りだ。

辛島は美砂子の体に熱い視線を注ぎこみながら、上着を脱いだ。続いてシャツ、ズボン、靴下……。

辛島はあっという間に黒いブリーフ一枚になったが、美砂子はショーツの上にパンティストッキングを穿いたままだった。せっかく下着がお気に入りなのに、無残な姿をさらしていた。自分で脱いでしまおうかとも思ったが、タイミングを逸したままベッドにうながされた。

あお向けに横たわった美砂子の右側から、辛島は身を寄せてきた。左腕で肩を抱かれ、右手を使って愛撫を開始。

美砂子は眼をつぶっていた。ブラジャーの上から乳房をまさぐられた。辛島の妻は、びっくりするほどの巨乳だった。写真ではよくわからなかったが、実物を見て引いてしまった。

美砂子は胸の大きな女が大嫌いだった。しかし、たいていの男は大好きだ。あんなに馬鹿っぽく見えるのに――考えるのをやめようと思った。Cカップの自分が巨乳を腐すと、いつだって最後にはみじめになる。

自分の呼吸がはずみだしたのを感じた。

辛島の右手が、太腿を撫でさすりはじめたからだ。太腿はストッキングに包まれたままだった。辛島はそのざらついた感触を味わうような手つきで、執拗に太腿を撫でてきた。

うまかった。女を扱い慣れている手つきだった。両脚をひろげられた。ストッキングを穿いたままの内腿、そして両脚の間に指が這ってくる。

声をあげるのを我慢した。

格好いい女は、下着越しに愛撫されたくらいであえがない。

眼をつぶったままの美砂子は、宗一郎とのセックスを思いだそうとした。瞼の裏に、なにも浮かんでこなかった。存在感が希薄(きはく)な夫とのセックスは、あまり記憶に残らない。悪口ではない。だから飽きないし、何度でもしたくなる。

しかし辛島は、たったの一度で、記憶にくっきりと残るようなセックスをしそうだった。ストッキングの上から、執拗に花びらの合わせ目をなぞられた。クリトリスの位置まで正確に把握(はあく)している感じで、時折アヌスをくすぐってくる余裕まである。

身をよじってしまった。

(わたし、感じてる……)

相手が感じさせようとしているのだから、感じてしまってもしかたがないのに、美砂子はショックを受けた。快楽がこみあげてくるタイミングが想像よりも早く、峻烈(しゅんれつ)だったせいかもしれない。

瞼の裏に、宗一郎を思い浮かべようとした。顔はすぐに思い浮かんだ。しかし、表情がいつもと違った。鼻の下を伸ばしている、という卑俗な表現がぴったりな、正視できないほどだらしない顔をしていた。

宗一郎の隣に女が現れた。金髪の巨乳だった。宗一郎は鼻の下を伸ばしたまま、さも嬉しそうに巨乳と戯れはじめた。片手ではとてもつかみきれない大きさの肉丘に指を食いこませ、乳首をチロチロと舌先で舐めている。表情はだらしなくなっていくばかりで、赤ん坊のようにチューチューと音をたてて乳首を吸う。

（嘘つき！）

美砂子は胸底で叫んだ。新婚当時、宗一郎に言われた忘れられない言葉がある。セックスを終えたあとのピロートークでのことだ。

『世間の男は胸が大きい女に眼が惹かれがちだけど、僕はそんなことない。美砂子のおっぱいが大好きだ。芸術品みたいに綺麗だもの』

美砂子は眼をつぶって寝たふりをしていたが、胸が高鳴ってしようがなかった。スタイルがいいと言われることには慣れているし、顔を褒められることには飽きている。しかし、胸を褒めてくれたのは宗一郎だけだった。小さいけれど形はいいと自分では思っているのに、宗一郎以外は誰も褒めてくれなかった。

だから嬉しかった。

それなのに……それなのに……。

いまはあの金髪の巨乳と、鼻の下を伸ばして戯れているのか！

「ごめん」

不意に愛撫がとまった。

眼を開けると、辛島が申し訳なさそうな顔でこちらを見ていた。

「やっぱり、今日はダメみたいだ……」

意味がわからなかった。

辛島は美砂子の頭の下から左腕を抜くと、ベッドの上であぐらをかき、ふうっと深い溜息をついた。

「伝えてなかったけど、実はＥＤでね……」

美砂子は驚愕に眼を丸くしながら、体を起こしてベッドの上で正座した。

「夫婦交換を始めたのは、ＥＤ回復のきっかけになればいいっていうのと……まあ、それ以上に妻の欲求不満解消かな。隠れてこっそり浮気されるより、眼の届く範囲でしてほしいっていう、まあ男のエゴかもしれないが……」

「そうだったんですか……」

美砂子はどういう顔をしていいかわからなかった。

「なんか申し訳なかったね」

「いえ、それは……しようがないっていうか……」

さすがに同情した。自分たち夫婦はセックスレスだが、夫が勃起不全である辛島夫婦の苦悩はレス以上だろう。もし宗一郎がＥＤになったらと思うと、想像するのも怖くなり、考えるのをやめた。

「ただまあ、ここで終わりじゃないから……」

辛島は声音（こわね）を明るくあらため、パンッと自分の太腿を叩いた。

「せっかく期待して来てくれたのに、不完全燃焼で帰すのはさすがに忍びない。ここから先は、僕が一方的に奉仕するってことでいいかな？」

美砂子がキョトンとしていると、辛島はベッドをおり、アルマーニの紙袋を持って戻ってきた。中から出てきたのは、服でもアクセサリーでもなく、ラブグッズだった。電マ、ローター、ヴァイブ――使ったことはないが、どういうものかは知っている。紙袋の中には、他にもいろいろなものが入っていそうだった。

「こういうときのために、あらかじめ用意してきたんだ。新品だから安心して。全部あなたにプレゼントするから」

勃起しなければならない、セックスしなければならないというプレッシャーから解放されたせいだろうか、辛島の表情はなんだかとても晴れやかだった。

3

辛島はバスルームに消えた。シャワーを浴びるためではなく、「奉仕」の準備をするためらしい。

ひとり取り残された美砂子は、とりあえずストッキングを脱いだ。ずっと脱ぎたかったからそれはいいのだが、下着を脱ぐのはさすがにためらってしまう。

辛島はいったいなにをするつもりなのだろう？　ラブグッズを使ってなにかをされるのは間違いないが、美砂子にはそれを使った経験がなかった。

とはいえ、一見してあまり嫌な気分にならなかったのは、彼が用意したラブグッズが女性向けにデザインされたものだったからだろう。色は綺麗なパステルカラーだし、ひと昔前のヴァイブのように変なイボイボがついているわけでもない。

辛島はバスルームに向かう前、「これに着替えておいて」とあるものを手渡してきた。白いレオタードタイプの水着、のように見えて、絶対にこんなものでは泳げないという代物だった。

生地が透けているからだ。極薄の白いナイロン製で、着けたら乳首や下の毛が透けてしまうことは疑いようがない。

だが、まごまごしていると、辛島が戻ってきてしまう。三十五歳の人妻のくせになにを恥ずかしがってんだか、と思われるのは嫌だった。どうせなら潔く振る舞いたかったし、恥ずかしがっているとよけいに恥ずかしくなってくる。

ワインレッドのブラジャーとショーツを脱ぎ、白く透けたレオタードを着けた。辛島がまだ戻ってこないので、ベッドからおりて姿見の前に立つ。

鏡に映った自分の顔がみるみる赤く染まっていった。

予想通りに左右の乳首も下の毛も透けていたが、それだけではなく、びっくりするほどのハイレグだった。

しかも、生地やデザインが極端に安っぽく、そのせいでひどく猥褻感がある。いっそなにも着ていないほうがマシなくらいで、全裸より確実にいやらしい。

美砂子は体が震えだすのをどうすることもできなかった。ふらついた足取りでベッドに戻ると、とりあえず布団にくるまった。

バスルームから戻ってきた辛島は、向かいのベッドの布団を剝ぎ、シーツの上に何枚もバスタオルを敷いた。

「どうぞ」

辛島にうながされ、美砂子はのろのろと移動した。体の震えはおさまっていなかった。恥ずかしがり屋の自覚はあるが、こんなに恥ずかしい思いをするのは生まれて初めてかもしれなかった。

「最初はうつぶせで」

少しだけホッとした。うつぶせなら、透けた乳首や下の毛は見られない。

「これをバスルームでつくってたんですよ」

辛島の手には透明なボトルが握られていた。二の腕にそっと押しつけられた。温かかった。

「中身は海草を使ったローションです。口に入れても平気なものですからご安心を。これでマッサージしていきますね」

なんだ、と美砂子は胸底でつぶやいた。「奉仕」というのはマッサージのことだったのか……。

しかし、ただのマッサージなら、猥褻なレオタードを着ける必要なんてあるわけがない。エステなどで着けるのは、紙製のブラジャーやショーツである。

生温かいローションが、とろとろと背中に垂れてきた。

マッサージで使うオイルとは、似て非なるものだった。もっととろみが強いし、けっこう大量にかけてくる。それが背中で伸ばされると、今度は太腿やお尻にかけられた。レオタードにもかかっているようだが、おかまいなしだ。

「……んっ！」

声が出そうになった。右の太腿を触られたからだった。辛島はやわやわと揉みしだきつつ、ローションで手のひらをすべらせる。ヌルヌルする。

気持ちよかった。

性的な快感とは少し違うが、ローションでマッサージされるのはこんなにも気持ちがいいものなのかと、眼から鱗（うろこ）が落ちる思いだった。

しかし、呑気（のんき）な気分でいられたのはそこまでだった。

辛島は、とにかく大量のローションをかけてきた。透けたレオタードはローションも通過させてしまうようで、お尻の割れ目から股間にまで侵入してきた。おもらししてしまったような、変な感覚になる。

脚を開かれた。ほんの少しだったが、股間に触れるには充分だったのだろう。次の瞬間、すうっと花びらの合わせ目をなぞられた。

もう少しで叫び声をあげてしまうところだった。辛島の指使いが達者なのは、すでにわかっていたことだった。だが、とろとろのローションと極薄のナイロンの感触が、刺激を別次元のものにしていた。

ヌルヌルしているのが、気持ちがいいのかどうかわからない。たしかに気持ちいいのだが、それ以上にもどかしさがある。もっとダイレクトな刺激が欲しい。脳天まで響いてくるような……。

気がつけば、お尻がもぞもぞ動いていた。自己嫌悪がこみあげてきても、お尻を動かすのをやめられない。

「気持ちいいですか？」

辛島に訊ねられても、美砂子は答えられなかった。すると次の瞬間、衝撃がきた。

レオタードのバック部分を、上に引っ張り上げられたのである。

「いっ、いやっ……」

拒絶の言葉を吐いても、歓喜の身震いが起こった。四つん這いになることだけは我慢したが、股間にレオタードの股布が食いこんでいた。いや、花びらの合わせ目に食いこんでいた。

そこに、辛島の指が伸びてきた。爪を使って、コチョコチョとくすぐられた。クリトリスの位置を、正確に把握しているようだった。

「あああっ……」

いやいやと身をよじっても、我慢できずに四つん這いになってしまう。ゆうべ宗一郎をからかったことを後悔した。これは言霊だった。よけいなことを言ってしまったばかりに、それが現実になってしまったのである。

「みっ、見ないでっ……」

熱い視線を感じた。後ろの穴を見られているようだった。レオタードを引っ張り上げられているから、アヌスのあたりは生地が浮いている。透けているのではなく、直接見られている。

ローションまみれの極薄ナイロンに包まれたクリトリスは、まだコチョコチョとくすぐられていた。ようやく愛撫がとまったと思ったら、今度はローションがどろどろと垂れてきた。

後ろの穴に、直接……。

美砂子は泣き叫んだ。見られるだけでもつらい部分にローションをかけられるなんて、これほどの辱めはない。しかし、泣き叫ぶ美砂子の声は、すぐに淫らなあえぎ声に上書きされた。

再びクリトリスをくすぐられたからだ。ヌルヌルしたローションと極薄のナイロン、そして硬い爪のハーモニーがいやらしすぎて、頭がどうにかなりそうだった。爪をこんなにうまく使った愛撫なんて、いままで経験したことがない。アヌスがローションまみれになっていることとさえ、クリへの刺激のせいで快感に思えてくる。

「はっ、はぁうううーっ！」

獣じみた声をあげてしまった。クリトリスへの刺激の質が変わったからだ。これはたぶん電マだった。ウィーン、ウィーン、と音がして、小刻みな振動が敏感な肉芽を嬲る。電マをあてられている。

（でっ、電マって、こんなにすごいの？）

美砂子は手元のタオルをぎゅっと握りしめた。泣きたくなるほど恥ずかしいのに、それ以上に気持ちいい。クリトリスへの振動が、体の芯を経由して、脳天までビンビン響いてくる。

これもまた、言霊なのかもしれなかった。以前、電マで自慰をする気持ちよさを滔々と語っていた女友達のことを、鼻で笑ったことがある。モテないことがそんなに自慢？　それともあなたの彼氏は電マなの？

イッてしまいそうだった。

こんな形でイカされたら、立ち直れないほどの自己嫌悪が訪れそうだった。気持ちがいいのはしかたがない。感じてしまうのはいいとして、イクのはダメだ。

美砂子は決めていた。

夫婦交換が終わったあと、宗一郎に言いたいのだ。

気持ちがよかったけど、イカなかったと。わたしをイカせることができるのは、世界であなたひとりだけだと……。

そうすることで、夫のネトラレ願望を叶えつつ、愛してもらいたかった。嘘をつくのではなく、本当に我慢しなければ、言葉に真実味は宿らない。このままイクわけにはいかない。

だが……。

辛島はクリトリスに電マをあてつつ、アヌスを刺激してきた。直接的な刺激だった。一瞬、なにをされたのかわからなかった。生温かく、少しざらついた男の舌腹が、禁断の排泄器官を這いまわっていた。

4

自分を褒めてあげたかった。

長々と続いた愛撫がようやく終わり、美砂子はベッドにうつ伏せで倒れた。ハアハアと息があがり、ピクピクと体中が痙攣（けいれん）している。

これほど感じさせられた愛撫は記憶にないが、イクことだけは我慢した。

辛島はクリトリスに電マをあてながらアヌスを舐めまわし、最終的には舌先まで入れてきた。屈辱だったが、美砂子はひいひいと喉（のど）を絞ってよがり泣いてしまった。アヌスだけを刺激されてもくすぐったいだけなのに、クリへの愛撫を同時にされると、わけがわからなくなるほど感じてしまうものらしい。

それでもイカなかった。

宗一郎への愛を証明できたことに美砂子は満足していたが、辛島の「奉仕」は終わったわけではないようだった。

体を反転させられた。

今度はあお向けだった。

白いレオタードに乳首や下の毛が透けていて、美砂子はあわてて手で隠したが、辛島に手をどけられた。まずは胸に、生温かいローションが垂れてきた。叫び声をあげてしまいそうなほど気持ちよかった。いや、それは単純な気持ちよさではなかった。レオタードを着ている体が大量のローションでヌルヌルしていくのは、非日常的な感覚であり、エステとも全然違う。

乳首をいじられると、本当に叫んでしまった。

「いっ、いやっ！　いやあああっ……」

強い力ではなかった。むしろ触るか触らないかのソフトタッチにもかかわらず、レオタードの下で物欲しげに尖った乳首は痛いくらいに硬くなって、快感が体の芯まで響いてきた。

だが、ローションが下半身にまで垂らされると、乳首への刺激なんて可愛いものだったのだと思い知らされた。

四つん這いの格好で電マをあてられていた股間はジンジンと熱く疼き、新鮮な刺激を求めていた。それが与えられた。レオタードの上からとはいえ、温かいローションをとろとろと垂らされると、身をよじらずにはいられなかった。ぎゅっと太腿を閉じた。それが最後の抵抗だった。

辛島に両脚をひろげられると、自分でも嫌になるくらい、あっさりと応じてしまった。M字開脚のポーズで、極薄のナイロンに透けた性器を無防備な状態にした。ローションをかけられたことで、透け具合が増していることは間違いない。

部屋は明るかった。花びらの色艶まで見られていると思うと、死にたくなった。

「さっき、イクのを我慢しただろう？」

辛島が言った。美砂子は言葉を返せなかった。

「そんなことでご主人に操を立てているつもりなのかい？」

股間に食いこんでいるレオタードのフロント部分を、片側に掻き寄せられた。これで性器は剝きだしだった。脚を閉じなければならなかった。閉じたいと思っているのに、体が動かない。

ローションを直接かけられた。指でいじられた。淫らな悲鳴をこらえ、ぎゅっと眼をつぶると、瞼の裏に熱い涙があふれだした。恥ずかしいからではなかった。恥ずかしいことも恥ずかしいが、それ以上に気持ちよかった。

指が入ってきた。気がつけば腰が動いていた。手マンをされて腰を動かしたことくらいあるけれど、そういうときは男にしがみついていた。自分ばかり感じている恥ずかしさを、そうやって誤魔化した。しかしいま、辛島は両脚の間にいる。しがみつくことができない。

「すごい締まりだ。指が食いちぎられてしまいそうだよ」

ヌプヌプと指を出し入れしながら、辛島が卑猥な笑みをもらす。美砂子は必死に開き直ろうとした。この男には、夫にも見せたことがないアヌスを見られ、舐めまわされて、舌まで入れられたのだ。排泄器官の味や匂いまで知られている。もうこれ以上、恥をさらしようがない……。

だが、美砂子がいま嵌まっている沼は、まるで底なし沼のようだった。

「はっ、はぁうううぅーっ！」

のけぞって悲鳴をあげた。中に入っている指が、鉤状に折り曲げられたからだった。曲がった指先が、いちばん感じるポイントを突いてきた。

「ダッ、ダメッ……やっ、やめてくださいっ……」

いやいやと首を振っても、両脚をひろげたままでは説得力などゼロだった。拒絶しているどころか、「いやよいやよも好きのうち」を演じているようにしか見えないだろう。

辛島はニヤニヤ笑いながら指を出し入れしはじめた。じゅぽじゅぽといやらしい音がたち、美砂子は眼をつぶった。顔が燃えるように熱くなっていく。

「はぁあああああーっ！」

クリトリスに、衝撃的な刺激が襲いかかってきた。驚いて眼を見開くと、辛島が股間になにかをあてていた。ラブグッズだが、電マより小さい。ヴァイブやローターでもない。

（すっ、吸われてるっ……クリが吸われてるっ……）

経験したことがない刺激に美砂子が唇を震わせていると、

「ウーマナイザーだよ」

辛島が言った。

「ちょっと前に、人気女優が使っていたことを別れたダンナに暴露されて、話題になっただろう？　海外発の高級品で、こんなこともできる……」

「はぁううう——っ！　はぁううううう——っ！」

敏感な肉芽を吸いながら振動まで送りこまれ、美砂子は我を失った。燃えるように熱くなったクリトリス——そのちょうど反対側を、肉穴に入った指が押しあげていた。恥丘を挟んで外側からと内側から、淫らな刺激の波状攻撃だ。

（こっ、こんなのっ……こんなのっ……）

我慢できるわけがなかった。下半身のいちばん深いところで芽生えたオルガスムスの予兆が、みるみる大きくなっていった。あっという間に自分を呑みこむほどの暴風雨となって、美砂子は翻弄された。

「ああっ、いやっ……いやいやいやいやああああーっ！」

泣き叫びつつも、みずから大きく両脚をひろげていく。腰をガクガクと震わせては、淫らがましくグラインドさせる。

もうイッてしまう！　と諦観(ていかん)に眉根をきゅっと寄せた瞬間、指が抜かれた。ウーマナイザーも、クリトリスから離れていった。

美砂子の体は震えだした。風邪(かぜ)のときの悪寒そっくりの震えが、とまらなくなってしまった。

イキそうだったのにイケなかった、もどかしさのせいだった。頭ではイクことを拒んでいても、三十五歳の成熟した体はオルガスムスを求めていた。ローションやウーマナイザーなど、初めて経験する刺激に、夢中になっていたと言ってもいい。

「イキたくないんだろう？」

辛島はニヤニヤ笑っている。

「夫婦交換には応じても、夫のために絶頂だけは我慢する……矛盾しているが、嫌いじゃない。矛盾している女は可愛いよ」

左手が、レオタードと体の間に入ってくる。ヌルヌルした手のひらで、乳房を撫でまわされる。手のひらが乳首にあたるたびに、飛びあがりそうなほど感じてしまう。

辛島は右手に、ウーマナイザーを持っている。それを反対側の乳首にあてて、スイッチを入れた。

「はっ、はぁううううーっ！」

したたかに乳首を吸引され、腰が弓なりに反り返った。両脚はひろげたままだった。自分がいまどんな格好をしているのか、考えたくなかった。

「イキたくなったら、イカせてくださいって、素直におねだりするんだぜ」

辛島が勝ち誇った顔で言った。

「可愛くおねだりすれば、いくらでもイカせてやる。あなたのような美人を抱けないのは本当に残念だが、お詫びにたっぷりとイキまくらせてやる。どうだい？　そろそろ本格的な刺激が欲しいだろう？　どこを刺激してほしい？」

言葉責めをされている、と思った。美砂子は言葉責めが大嫌いだった。過去にそういうことをされ、別れの引き金になった経験がある。両脚の間をまさぐりながら、どこが気持ちがいいか言ってごらん、と言われたのだ。

恥ずかしがりながら「オッ、オマンコが気持ちいい」と口にできる女が好きなら、そういう女と付き合うべきだと思った。一流商社に勤め、デートはかならず高級レストランで、海外出張に行くたびにブランドもののおみやげを買ってきてくれる男だったが、別れても一ミリも後悔なんてしなかった。

「はっ、はぁあああーっ！」

乳首を吸引していたウーマナイザーが、再びクリトリスを吸ってきた。すかさず指も入ってくる。Ｇスポットをぐいぐい押しあげられる。

（たっ、助けてっ……）

胸の中を、不安の黒い影が覆い尽くしていた。まるで行き先のわからない飛行機に乗せられたような、そんな気分だった。

5

熱いシャワーでローションを洗い流した。

湯船に浸かったほうがしっかり落ちると辛島に言われたが、とてもそんな気力はなかった。

バスタオルを体に巻いて浴室から出ると、辛島はまだ部屋にいた。帰り支度は整っていた。美砂子が出てくるのを待っていたのだろう。

「それじゃあ、これで」

ベッドから腰をあげて言った。

「実に楽しい一夜でした。できることなら……EDから復活したら、ぜひもう一度お手合わせ願いたいですよ」

美砂子は言葉を返せなかった。眼を合わせることさえ恥ずかしくてできないまま、辛島を見送った。時刻はちょうど午後十一時になったところだった。もうすぐ宗一郎がこの部屋にやってくる。

あわてて洗面所に向かった。ひとつにまとめていた長い髪をおろし、鏡に映った自分の顔を見る。

自分ではないみたいだった。髪がボサボサになっているのは仕方がない。化粧が落ちているのもそうだ。

しかし、眼つきがおかしくなっているのは想定外だった。呆然としているのに、なんとも言えない色気がある。双頬が紅潮しているのは、シャワーを浴びたばかりだからではない。オルガスムスの余韻（よいん）である。

セックスをしたあと、そのままの顔だった。それがひと目でわかる、生々しい表情をしていた。

いままでだって、セックスのあとに鏡を見たことくらいあるけれど、こんな表情はしていなかったはずだ。美砂子はいつだって凜とした女でいたかった。ベッドの中はともかく、服を着てからも動物じみた行為の余韻を漂わせているような、そんなふしだらな女にはなりたくないと思っていた。

なのに、鏡の中から呆然とこちらを見ているのは、発情の匂いを消すことができない、どこまでもふしだらな女……。

（一……二……三……四……）

数を数えた。辛島にイカされた回数だ。四回や五回ではなかった。それ以上はわけがわからなくなってしまったが、たぶん十回以上はイカされている。

美砂子は美砂子なりに頑張ったつもりだった。

唇を嚙みしめ、タオルをつかんで、最初の絶頂に達するまでは、けっこうな時間がかかったはずだ。

しかし、辛島はあのやり方に慣れていた。ＥＤだから、妻の体もラブグッズを使って気持ちよくしてやっていると言っていた。蛇のような執念深さで女の性感という性感をまさぐり抜き、こちらがイキそうになると愛撫をやめる。もちろん、快楽の潮が引いていけば、愛撫はまた始まる。そしてまたストップ。そんなことを執拗にされて、正気でいられるわけがなかった。

まるで拷問だった。「吐けば楽にしてやるぞ」というやつだ。美砂子は泣いた。オルガスムス欲しさに涙を流している自分が滑稽でしかたなかったが、気がつけば少女のように泣きじゃくっていた。

それでも、おねだりの言葉だけは口にしないつもりだった。

宗一郎を裏切りたくなかった。つまらないこだわりかもしれないし、辛島には鼻で笑われたが、美砂子は自分に嘘はつけなかった。最後の操だけは守り通した妻として、夫と再会したかった。

だが……。

辛島はやがて、クンニリングスまでしはじめた。ラブグッズとはまた違う、生温かい舌の刺激は、美砂子の体を灼熱に包みこんだ。中に入ってくる指も、一本から二本に増えた。

ふやけるほどに舐め転がされたクリトリスに、電マがあてられた。さらに、焦らしを挟んで、またウーマナイザーで吸引だ。

そこまでされているのにイカせてもらえない苦しさは、想像を絶していた。生殺しにされている状態で与えられている快感でさえ、普段のオルガスムスより強烈に感じられたくらいだ。

これでイッたらいったいどうなってしまうのか……。

考えると口の中に唾液があふれ、顎を伝って喉まで垂れてきた。恐怖や不安ではなく、いつしか期待している自分がいた。いや、喉から手が出そうなほど、それが欲しかった。

たとえ、生き恥をさらしたとしても……。

夫を裏切ってしまったとしても……。

「イッ、イカせてください……」

美砂子は、堕ちた。

「もっと……もっといじって……オッ、オマンコいじってください……」

プライドを捨てて絶頂をねだる女を、さらに冷酷にいじめ抜くほど、辛島はひどい人間ではなかった。

ヴァイブを入れられた。指より太く、ずっと長いシリコンで、いちばん奥をずんずんと突かれた。クリトリスはウーマナイザーで吸われていた。吸われながら、振動が与えられていた。

美砂子は泣きじゃくりながら果てた。これが本物のオルガスムスなら、いままで味わってきたものはいったいなんだろう——そう思わずにはいられないほど、衝撃的な体験だった。まるで体の中で爆発が起こったみたいだった。

辛島はひどい人間ではなかったが、女をとことんまでイキまくらせることに、飽くなき欲望を抱えているようだった。

一度果てたくらいでは、許してくれなかった。二度、三度と立てつづけにイカされ、ちょっと休ませてほしいと頼んでも、失神寸前になるまで休ませてくれなかった。

ビクッとした。

部屋に人が入ってくる気配がしたからだった。

足音が近づいてきて、洗面所の扉が開けられた。

宗一郎の姿を見た瞬間、美砂子は反射的にその場にしゃがみこんだ。なぜそんなことをしたのか、自分でもわからなかった。折り曲げた両脚をぎゅっと抱えて、背中を丸めていた。

小さくなって存在感を消したかったのか、あるいは穢れた体を見られたくなかったのか……。

宗一郎が近づいてきた。とても顔をあげられなかった。ただ、いつもとは気配が違った。存在感が希薄で、側にいても邪魔にならない男のはずだった。なのにいまは、圧力を感じる。まるで猛獣でもそこにいるような……。

腕を取って立ちあがらされた。

いやっ！　と叫んで夫の腕を振り払いたかったが、眼も合わせられない状態では、声だって出せない。おまけに体は、辛島によって骨抜きにされている。胸に巻いたバスタオルを奪われても、なすがままだった。洗面台に両手をつかされ、お尻を突きだす格好にされた。

（えっ？　ええっ？）

美砂子は焦った。一瞬だけ顔をあげ、鏡を見た。宗一郎もまた、美砂子と眼を合わせようとしなかった。しかしその顔は、見たこともないほど雄々しく猛っていた。鬼の形相でズボンとブリーフをおろし、後ろから貫いてきた。

「ああああーっ！」

美砂子の花は、まだ先ほどの余韻で潤んでいた。とはいえ、充分ではなかった。なのに宗一郎は、むりむりと中に入ってくる。肉と肉とが引きつれるのもおかまいなしに、硬くなった男のものを奥まで深々と埋めこんでくる。

夫はこんな男ではなかったはずだった。

妻の顔色をうかがい、正常位以外の体位を求めてくることもできない、心やさしき紳士だった。結合してからだって、いきなり動いてくるようなことはせず、肉と肉が馴染(なじ)むのを待つ心遣いができる。

なのに動いてきた。いきなりフルピッチで、怒濤(どとう)の連打を送りこんできた。パンパンッ、パンパンッ、と尻を打ち鳴らされた。

「はっ、はぁうううううーっ！」

充分に潤んでいない状態でペニスを抜き差しされるのは、女の体に負担が大きい。にもかかわらず、峻烈(しゅんれつ)な快感に美砂子は叫び声をあげた。新鮮な蜜(みつ)がどっとあふれだし、みるみる滑(すべ)りもよくなっていく。

約四カ月ぶりの、夫とのセックスだった。

今夜それがあるだろうことは、もちろん想定内だった。そのために夫婦交換をするのであり、お互いが別々の部屋でセックスし、その後おしゃれなブランドホテルに一泊するのだから、しないほうがおかしな話だ。

しかし、こんな展開はチラとも頭をかすめなかった。宗一郎の性格を考えれば、夫婦交換の感想をお互いに遠慮しながら少し話し、その流れの中でゆっくりと始まるだろうと思っていたのだ。

なのに……。

後ろから突いてくる宗一郎の勢いは獣じみていて、ハアハアと昂ぶる吐息の音だけでも圧倒される。がっちりと腰をつかんでくる両手の力は強く、まるで一生離さないと覚悟を決めているようですらある。

美砂子は美砂子で、淫らな悲鳴を撒き散らすことをやめられない。もともと大きい声を出すことに抵抗があるほうなのだが、狭い洗面所にわんわんと反響するほどあえいでしまう。

犯されている、と思った。

そしてそれが、ちっとも嫌じゃなかった。

辛島に十回以上もイカされたとはいえ、美砂子の中に入っていたのはヴァイブという名の人工物だ。生身の男性自身に敵うはずがない。肉と肉とがこすれあう快感が、全身を痺れさせる。いちばん深いところを突きまくられると、恥ずかしい格好で犯されていることすらどうでもよくなってくる。

「あぁううぅーっ！」

腰をつかんでいた両手が胸に這いあがってきて、双乳を揉みくちゃにされた。左右の乳首をつままれ、ひねりあげられた。

痛いくらいの刺激が、いまはたまらなく心地よかった。気がつけば、お尻を振りたてていた。男根が縦に抜き差しされているのに対し、お尻を横に振ってやると摩擦感が倍増した。

「もっとちょうだいっ！　もっとちょうだいっ！」

美砂子は叫んだ。辛島に淫らなおねだりをしてしまったことで、言葉に対するタガがはずれていたのかもしれない。

「ああっ、いいっ！　とってもいいっ！　イッ、イッちゃうっ……もうイッちゃうっ……はっ、はぁあああああーっ！」

ビクンッ、ビクンッ、と腰を跳ねさせて、美砂子は果てた。辛島に与えられたよりも大きな爆発が体の中で起こり、頭の中が真っ白になった。

第三章　人妻の暴挙

1

気まずかった。

夫婦交換を経験してから一週間が経った。その間、宗一郎は美砂子とほとんど口をきいていない。美砂子も話しかけてこない。一緒に食事をしていても聞こえてくるのはテレビの音ばかりで、お互いに視線すら合わせようとしない。

喧嘩(けんか)をしているわけでなかった。

仲が悪くなったわけでもないだろう。

なぜなら、この一週間の間、毎日欠かさずセックスしているからだ。口もきかず、眼も合わせないのに、ベッドに入ると抱きしめあい、舌と舌がからまりそうなほど情熱的なキスからそれは始まる。

夫婦交換を経て、美砂子のセックスは変わった。

あえぎ声が大きくなったし、愛撫に対する反応がすごくよくなった。なにより、イキ方が激しくなった。以前は「イク……」と可愛い声をもらすくらいだったのに、いまは叫び声をあげながら喉を突きだし、全身をぶるぶると痙攣させる。宗一郎が一度の射精に達するまで、それが平均三回は訪れる。

まるで魔法にでもかけられたような変貌ぶりだった。

あの日あのホテルでバーテンダーにいったいなにをされたのか、訊きたくてしようがなかった。

しかしその反面、事実を知るのが怖くもある。三十五歳の人妻という、ある意味女として完成の域にある美砂子をセックスに開眼させたのだから、おそらくとんでもないプレイをしたのだろう。

ＳＭっぽいことをされたのかもしれないし、一時間でも二時間でもクンニをするような男だったのかもしれない。

あるいは、想像を絶するような巨根だったとか……。

宗一郎の倍以上ある長大なペニスの持ち主で、おまけに三時間の間に何度でも射精できる絶倫野郎だったとか……。

考えたくなかった。

ただ、考えないことなどできなかった。

口をきかず、眼を合わせなくても、宗一郎の脳裏には、いつだって美砂子がバーテンダーとまぐわっている姿がチラついている。

おかげで、あの日からずっと美砂子に対して欲情しつづけていた。中折れしたことなどすっかり忘れて妻の体を毎晩求め、中折れなんてするわけがないほど夢中になって腰を動かしつづけている。

これでよかったのだろうか？

ひとまずセックスレスは解消されたのだから、夫婦交換は成功したと、喜んでいいということなのか？

「ねえ、あなた……」

夕食をすませてシャワーを浴び、ソファに寝転んでテレビを観ていると美砂子が声をかけてきた。このところ、寝酒を飲むのをやめていた。もちろん、夜の営みに備えてである。

「ちょっと話があるんだけど、いまいいかしら？」

久しぶりに妻の声を聞いた気がした。それでも、やはり眼は合わせてこない。宗一郎も美砂子の眼を見られない。

「なんだい？」

寝転んでいた体を起こし、リモコンでテレビのスイッチを切った。リビングに訪れた静寂（せいじゃく）が、気まずい雰囲気に拍車をかける。

美砂子はソファの隣に腰をおろすと、うつむいて蚊（か）の鳴くような声で言った。

「わたしたち……最近ちょっとしすぎじゃないかな……」

セックスの話のようだった。

「あんまりしすぎると、飽きちゃうんじゃないかと思って……ちょっとペースダウンすることを考えてみない？」

「なんでそう思うの？」

「女友達に言われたのよ。セックスレスはなったら終わりって。普段から注意してないとダメだって……」

「……なるほど」

　宗一郎にも心あたりがあった。セックスレスは、なる前に先手を打っておかなければならないのだ。後手にまわったら最後、敵に包囲されてから武器をつくるようなもので、全滅の憂き目に遭う。

「わたし、怖いのよ……いまがすごく満たされてるから……またレスになったらと思うとゾッとして……だから……週一回くらいにしない？」

「……控えめな数字だな」

　一日置きくらいのことを考えていた宗一郎は、軽いショックを覚えた。こちらが一度射精する間に三度もイケるようになったのに、美砂子はそれで満足できるのだろうか？

「そりゃあわたしだってね、できれば毎日したいわよ。このところぐっすり眠れて、お肌の調子だってとってもいいし。なんだか最近綺麗ですね？　なんてお店の子に言われたりして……でも……」

「でも？」

「毎日セックスしてると、お互い緊張して、食事のときの会話もなくなっちゃったりしてるじゃない？　それはそれで淋しいっていうか……」

「……たしかに」

緊張しているというか、興奮しているのだ。宗一郎はこのところ、美砂子の顔を見ただけで勃起する。食事中でもたまに……。

「欲張りな女だって思われるかもしれないけど、わたしとしては平穏な日常生活も大切にしたいの」

「じゃあ今夜はどうする？」

「とりあえず休まない？　次は日曜日にしましょうよ。わたし、一日空けておくから、朝からしてもいいし……」

「次の日曜こそ、納戸の本を整理しようと思ってたんだが……」

「じゃあ、わたしもそれ手伝うから。エッチのために一日空けるなんて、なんだかドキドキしちゃわない？」

妻のセックスレスに対する意識の高さに唸った。解決したばかりなのに、すかさず次の手を打つなんて、執念を感じてしまう。それほどレスが苦しかったということなのだろうか？　ならば申し訳ないとしか言い様がないが……。

「じゃあ、今夜はおあずけね。お互いに……」

ふふっ、と笑って美砂子は立ちあがった。バスルームに向かったが、途中で立ちどまって背中を向けたまま話を始めた。

「ひとつ言い忘れてたけど……」

「なんだい？」

「わたし、辛島さんに抱かれてないよ」

「……どういう意味？」

「あの人ＥＤでエッチできなかったの」

「じゃあ、部屋でなにしてたんだよ？　お茶でも飲んでたのか？」

美砂子は首を横に振った。

「ラブグッズでいろいろ開発されちゃった」

「なんだそりゃ？」

「大人のオモチャ」

「そんな小道具まで用意してたのか……」

「勃たない可能性があるからでしょうね」

「それにしても恐ろしい男だな……」

「でも、安心したでしょ。エッチまではしてないってわかって。わたしが抱かれたいのは、この世であなたひとりだけだから……」

美砂子は背中を向けたまま言うと、小走りでバスルームの方に去っていった。

残された宗一郎の気分は複雑だった。立ちあがってふらふらと冷蔵庫に向かい、缶ビールを出して飲んだ。久しぶりにアルコールを飲んでも、胸のざわめきはおさまらなかった。むしろ激しくなっていくばかりだった。

（ラブグッズって……）

美砂子はたしか、そういうものを毛嫌いしていたはずだった。肩凝りに悩んでいた時期に、電マを試してみようかなと言ったら、激怒されたことがある。純粋にマッサージ器が欲しかっただけなのだが……。

それにしても、「開発」というワードが気になった。

美砂子はラブグッズで開発されたのだ。三十五歳の熟れた体を……。

ラブグッズをスマホで調べてみた。

かつては「大人のオモチャ」と呼ばれていたそれを、宗一郎は使ったことがなかった。べつに理由はないのだが、やはり性的に淡泊なほうなのだろう。使ったことがなくても、AVでは観たことがあった。それもずいぶんと昔、若いころの話なので、スマホの画面に映った近ごろのラブグッズは、宗一郎の記憶にあるものより、ずっと洗練されたデザインだった。

おそらく女性ユーザーを意識して開発されたのだろう。大人のオモチャと呼ばれた時代は男が買ってベッドに持ちこみ、女を辱めるために使っていたからグロテスクなデザインが多かったが、いまは女が自分で買ってひとりで使っているに違いない。色もパステル調が大半だし、どれも一見して可愛らしかった。

（なんだこれ？）

ウーマナイザーという、聞いたことがないラブグッズを発見した。宗一郎が知っているのは、ピンクローターとかヴァイブとか電マくらいのものだが、どれにも当てはまらない。

なんでも、ドイツ発の最新式ラブグッズで、クリトリスを吸引するらしい。名前の由来は、「女たらし」だという。

少し前、人気女優が使っていたことを別れたダンナに暴露されて話題になったと、ユーザーレビューに書いてあった。そのスキャンダルは宗一郎も覚えていた。暴露された女優が「使ってますが、なにか？」とばかりに堂々とオナニー宣言をしたので記憶に残っている。

（クリトリスを吸引、か……）

美砂子がそれをされているところを想像すると、背筋に戦慄が走り抜けていった。実際にウーマナイザーを使われたかどうかは不明だが、その手のものを毛嫌いしていたはずの彼女が「開発されちゃった」と楽しげに言うくらいだから、使い心地は悪くなかったのだろう。

自分もひとつ買ってみようかと思った。ヴァイブが二千円程度なのに対し、ウーマナイザーは二万円以上したが、夫婦生活の充実のためなら高くはない。セックスレスになる前に先手を打つのなら、試してみる価値はあるだろう。

だが、どうしても買えなかった。

妻の股間をウーマナイザーで刺激している自分の姿を想像すると、滑稽というか醜悪というか浅ましいというか、とにかく正視に耐えない気がして、そんな姿を美砂子に見られたくなかったのである。

2

夫婦交換からひと月が経過した。

美砂子との週に一度のセックスは充実していた。一週間分溜めこんだものを爆発させているのだからそれも当然だったが、不満もあった。

「どうしてまだ正常位しか許してくれないんだよ」

「だって恥ずかしいもの」

「一度立ちバックでやってるじゃないか。しかも鏡の前で」

「あれはアクシデントです」

「キミはすごく燃えてたぞ」

美砂子はやれやれとばかりに深い溜息をついてから言った。

「じゃあもう正直に言うけど、なにされたっていいのよ、本当は」

「壁を乗り越える情熱を見せろってことかい？」

「それもあるけど……飽きられたくないの」

「はっ？」

「なんでも許しちゃって、飽きられるのが怖いの。だからどんな小さなことでも小出しにしたほうがいいかなって」

「セックスレス防止のためか？」

「そうです」

「完全にトラウマになってるみたいだな」

「誰のせいかしら？」

冷たい眼を向けられた。

「こないだ夫婦交換した辛島さんなんて、EDなのに夫婦生活を営んでるのよ。あそこは勃たなくても、ラブグッズ使って……なのにわたしが愛するご主人さまは、ちょっと中折れしたくらいでふて腐れて、三カ月も四カ月も妻を放置……」

「……悪かったよ」

「二度とレスにはならないって確証があるならなにしてもいいけど、そんなのわからないでしょう？　だからわたしとしても、切り札はとっておきたいの。昔の人がいいこと言ってるじゃない。秘すれば花、っていうやつよ」

　勝ち誇った顔で言われ、宗一郎はカチンときた。

「キミはフェアじゃない」

「はっ？」

「だってそうだろ？　あのバーテンダーがＥＤだったってことは、キミは寝取られてないってことじゃないか。僕のネトラレ願望を叶えるとかなんとか、恩着せがましいこと言っておいて、セックスしてないじゃないか」

「裸でいろいろされましたけど……」

「セックスはしてない」

「どうしろっていうわけ？」

「もう一回やろう。夫婦交換」

「冗談でしょう？」

　美砂子が苦笑まじりに眉をひそめ、

「本気だよ」

　宗一郎は真顔で言い放った。夫婦生活が週に一度になってから、ずっと温めていたアイデアだった。

宗一郎は宗一郎なりに、セックスレスの防止策を考えていた。暇さえあればネットを巡り、ＡＶの無料サンプルなども観まくって、参考になるプレイを物色した。

夫婦交換以上に興奮するものはひとつもなかった。

美砂子にズバリ言い当てられるまで、自分にそんな性癖があるとは思っていなかったが、やはりネトラレ願望があるのだろう。

とはいえ、ＡＶのネトラレものには、まったく興奮しなかった。愛する妻が寝取られるから興奮するのであって、演技力が皆無のセクシー女優が浮気妻を演じたところで、興奮なんてするわけがない。

そんなものを観ているくらいなら、美砂子が隠しもっていたポラロイド写真のほうがよほど興奮した。過去のこととはいえ、愛する妻が他の男とセックスしているからだ。宗一郎が求めると嫌な顔をするフェラチオだって嬉しそうな顔でしているし、全裸で両脚をひろげた姿まである。

もう十年以上前の写真なのでいまはどうなっているかわからないが、妻の花びらは清らかなピンク色だった。肉の厚みも適度なら、縮れも少なくて、綺麗な縦一本筋を描いていた。毛の生え方も美しい小判形で性器のまわりには無駄毛がなく、美人というのはこんなところまで綺麗なんだなと感心してしまった。

あの写真は宝物だった。

実物は美砂子に処分されてしまったけれど、宗一郎のスマホには画像をすべて収めてあった。

ところが、そのデータが突然消失してしまった。復元するためにありとあらゆる手を尽くしたが、なにをやってもダメだった。

犯人は美砂子しか考えられない。

彼女はずいぶん前から宗一郎のスマホをのぞき見ていた。宗一郎は知っていたが、あえてなにも言わなかった。見られて困るものはなにもなかったし、逆に愛されていることが実感できた。セックスレスになったときだって、浮気を疑われたかもしれないが、あくまで加齢のせいであると思ってくれたはずである。スマホをのぞいて不安が解消されるのなら、いくらのぞいてもらってもかまわない。

だが、データを消すのは反則である。肖像権を主張されても関係ない。妻の写真を夫が大切な宝物にしていて、いったいなにが悪いのだ。

（そっちがそのつもりなら、こっちにも考えがあるからな……）

かくなるうえは、ポラロイド写真で得ていた以上の興奮を、美砂子に補填してもらわなければならなかった。

「実はもう相手の候補も見つかっている」

宗一郎の意趣返しに、美砂子の表情が険しくなった。

「この前はキミが相手を見つけてきたから、今度は僕の番だよね。僕の好みで文句ないよね？」

「……好きにすれば」

美砂子はそっぽを向いたが、夫婦交換自体は否定しなかった。「フェアじゃない」なんて完全に言いがかりなのに、それについてはなにも言わない。そうだろう、そうだろう。彼女にとっても悪い話ではないのだ。クリトリスを吸引されて体を開発され、その後の立ちバックでは獣のように乱れていた。もう一度あの興奮が味わえるならと、早くも両脚の間を疼かせているかもしれない。

「これなんだけどね……」

画像の映ったスマホを美砂子に向けた。美砂子は嫌々な素振りでチラッと見たが、すぐに二度見した。

「……若くない？」

顔色が青ざめていく。

「ご主人が三十歳で、奥さんが二十六歳だって」

「二十六歳！　あなたより十四歳も下じゃないの」

「向こうは問題ないみたいだよ、こっちが四十歳でも」

「だからって、二十六歳……あり得ない……キモいんですけど……」

美砂子は完全に落ち着きを失っていた。彼女は若い女に複雑な感情を抱いている。若くて可愛いタイプならなおさらで、街でアイドルグループのポスターを見かけただけで、露骨に嫌な顔をする。

理由は簡単だ。美砂子は自分の容姿に自信をもっている。自惚れでないことは、誰が見たってわかる。しかし、もっていないものが三つある。

若さと可愛らしさ、そしてグラマーなスタイルである。

だからといって、その三つを兼ね備えている女そのものを、嫌っているわけではない。宗一郎がそういうタイプに興味を示すのが嫌なのである。二十歳前後のアイドルをちょっと褒めただけで、「キモッ！」とか「ロリコン！」と吐き捨てる。

今回の夫婦交換の候補——二十六歳の妻は、小柄で童顔だった。眼がぱっちりちと大きくて、ヘアスタイルは黒髪のショートボブ。いわゆるロリ顔なうえ、ワンピースを着ていてもはっきりわかるくらいの巨乳。

美砂子はうつむいて歯軋りしている。彼女がもっとも夫に興味をもってほしくないタイプだからである。宗一郎自身はロリコンでもなんでもない。ロリ顔の若妻に特別惹かれたわけではなく、これは宝物のデータを消してくれた罰である。

「そんなに嫌なら、別の夫婦を探そうか？」

宗一郎は甘い声でささやいた。

「やっぱりこの奥さん、若すぎるもんなあ。二十六歳っていうけど、二十二歳くらいに見えるよ。セーラー服を着てたら女子高生でも通るんじゃないか」

助け船でもなんでもなかった。美砂子は異常にプライドが高いから、そういうことを言われると、逆に「わたしは全然気にしない」という態度になるのだ。

しかし、今度ばかりはよほど嫌だったようで、別の角度から攻めてきた。

「奥さんも奥さんだけど……ご主人のほうも若くない？　わたしより五つも下よ。エッチも下手なんじゃないかなあ。やだなあ慣れてない人は……」

「心配ご無用。彼らは夫婦交換のキャリアが、こないだの辛島夫婦より豊富なんだ。エッチが下手ってことはないと思うよ。三十歳の若さならＥＤってこともないだろうしね。今度こそキミは本当に寝取られる……」

美砂子の眼が泳ぐ。

「それに万が一、相手が下手だったらさ、キミがリードしてあげればいいじゃないか。あっ、知ってるよ、キミが年上の男としか付き合ったことがないことくらい。でも、もう三十五歳だし、おまけに人妻なんだからさ、そういうことをしてみてもいいんじゃないの？　僕には絶対にしてくれない騎乗位とかしたりして……」

美砂子の手が怒りに震えだしたので、宗一郎はすかさず両手で握りしめた。

「セックスレス防止のためさ」

まっすぐに眼を見て言ってやる。

「レスはなったら終わりなんだろう？　だったらいまのうちにいろいろ手を打っておかないと。僕はね、もう二度とキミにつらい思いをしてほしくないんだ。絶対にレスの苦しみを味わってほしくない……」

美砂子はなにも言えなくなり、宗一郎は胸底で快哉を叫んだ。

3

今回の相手――片野光平と菜由香の夫婦は、茨城県在住だった。

秋葉原のデザイン事務所に勤務している夫は、つくばエクスプレスで通勤しているらしいが、自宅は山の中と言っても過言ではないほどの田舎だという。

「向こうの地元に来ないかって誘われたんだけど……」

宗一郎が言うと、美砂子は曖昧に首をかしげた。

「田舎に行ってどうするわけ？　素敵なホテルでもあるのかしら」

「そうじゃなくて、カーセックスしないかっていうわけだよ」

宗一郎は淫靡な笑みをもらした。

「もう十回以上夫婦交換をしているっていうから、普通のやり方じゃ満足できないのかもしれないね。山の中に、夜中になったら誰も来ない駐車場とかあるじゃないか。いかにもカーセックスしてくださいみたいな場所。そこで落ちあって、妻のほうが入れ替わる……」

「うちにはクルマなんてありませんけど」

「レンタカーを借りればいいじゃないか。向こうはミニバンらしいから、こっちもミニバン借りてさ……最近のやつは、中が広いだろうし。カーセックスっていっても、窮屈な思いはしなくてすむ」

「……いいですけどね」

美砂子はひどく投げやりに答えた。宗一郎の相手がロリ顔で巨乳の若妻であることを、まだ気にしている。

あれから毎日、美砂子は鏡を見ては溜息ばかりついている。その様子に、宗一郎はひそかに興奮していた。自分はもう若くないと落ちこみ、夫が若い女に夢中になってしまったらどうしようと心配する——美砂子のそういう姿を、いままで見たことがなかったからだ。

容姿に関して、美砂子はコンプレックスなんてもったことがないだろう。三十五歳になってなお、高嶺の花のオーラを振りまいているのだから、劣等感なんてあるわけがない。しかし、もう若くはなく、可愛くもなく、胸も大きくない——その現実を突きつけられ、溜息がとまらないのである。

そんな妻の姿を見て暗い悦びを覚えているなんて、夫失格かもしれない。しかし、自分が愛しているのは美砂子ひとりである。いくら若くて可愛くて胸が大きな女を抱いたところで、その点が揺らぐことはないので許してほしい。

今回の美砂子の相手は、画像を見る限りあまり特徴のない男だった。髪は短く、つるんとした顔立ちで、ファストファッションを小綺麗に着こなしていた。妻の菜由香も実年齢よりずっと若く見えるが、夫の光平もまた三十歳にしては若く見え、社会に出てまだ一、二年という雰囲気である。

美砂子はいかにも大人の美女という感じだから、ミスマッチと言えばミスマッチかもしれない。光平くんには若さを期待したい。見た目はお堅いタイプでも、美砂子は性的に熟れている。若い男のパワフルなセックスに付き合わされれば、乱れてしまうに決まっている。

(みっ、見てみたい……できることなら彼女が抱かれているところを……)

欲望はあっても、さすがにそれは口にできなかった。

相手が了承してくれるのなら、ふた組の夫婦が同じ場所でセックスすることも可能だろう。スワッピングというやつである。

だがそうなると、妻の媚態(びたい)を見るのと同時に、こちらの醜態も見られてしまう。

他の女を抱いているところを妻に見られるのだけは、絶対に嫌だった。宗一郎はネトラレ願望を叶えるために夫婦交換をするのであり、誰かの妻を抱くことに乗り気ではない。だが、不本意とはいえ、始まってしまえば夢中にならずにいられないのがセックスであり、欲望を剝きだしにして他の女を抱いている姿など、愛する妻にだけは絶対に見られたくない。

土曜日の夜、宗一郎と美砂子は茨城に向かって出発した。

天気が心配だったが、雨は降りそうもなく、気温も低くない。初夏にしては蒸し暑いくらいで、山に行くにはちょうどいいように思われた。

クルマは会社帰りにレンタルしてきたミニバン。三列目の座席がベンチシートになっている。ベッドの代わりにしては窮屈だが、横になれないことはない。宗一郎にカーセックスの経験はないけれど、狭いところでまぐわうのも新鮮かもしれないと思った。夫婦交換も二度目なので、前回のようにカチンコチンに緊張しているということもない。

一方、助手席に座っている美砂子は、前回よりも顔色が悪かった。ぶんむくれている、と言ったほうが正確か。

話しかけても生返事ばかりだし、眼も合わせようとしない。緊張しているというより、機嫌の悪さを隠そうとしないので、宗一郎は次第に心配になってきた。

（さすがにやばすぎたかな。彼女が嫌がるのがわかってて、ああいうタイプを選んだのは……）

後悔してもしかたがないので、努めて明るく振る舞うことにした。

「待ち合わせ場所は山の上だけど、ふもとにはラブホテルが何軒もあるらしいからさ。今夜はそこに泊まって、明日はのんびりドライブでもしてから帰ろう」

無視された。

「いちおうグルメスポットみたいなのも調べておいたし、ちょっと足を延ばせば温泉もあるらしいよ。日帰り温泉、行っちゃうかい？」

無視は続く。

赤信号でブレーキを踏んだ。すでに郊外まで来ていた。走っているクルマも少なければ信号にも引っかからなかったので、久しぶりに停まった感じだった。

「ねえ……」

美砂子に声をかけられ、宗一郎は顔を向けた。美砂子の眼は据(す)わっていた。機嫌が悪いどころか、憤怒(ふんぬ)さえ滲(にじ)んでいる。

「チュウして」

「はっ？」

「チュウしてほしい」

「いまかい？」

美砂子はうなずいた。彼女はキスのことをチュウと呼ぶような女ではないし、信号待ちの車内で口づけを求めるタイプでもない。

嫌な予感しかしなかったが、宗一郎はシートベルトをはずしてキスをした。それくらいで機嫌が直ってくれるなら大歓迎だったが、美砂子の眼はますます吊りあがっていくばかりだった。

信号が青に変わり、クルマを発進させた。道はまっすぐだったが、ずいぶんと暗かった。夜の田舎道はこんなにも暗いのかと驚き、久しぶりの運転なので集中したほうがいいと自分に言い聞かせた。夫婦交換に来て交通事故を起こすなんて、笑い話にもならない。

「……あげよっか」

美砂子がなにか言った。

「えっ、なに？　聞こえなかった」

宗一郎はフロントガラスの向こうを睨みながら言った。

「フェラしてあげよっか」

「はっ？」

さすがに顔を向けた。

「なに言ってるんだ？　フェラなんか嫌いなくせに」

「でも、いまはしたい」

美砂子の右手が股間に伸びてくる。

「やっ、やめろよ。運転中だぞ……」

「男の人って、運転中にフェラされたいって願望があるんでしょう？」

「なんだそりゃあ」

「大学時代にね、モーションかけてきた先輩が言ってたの。運転しながらフェラされるのは、すべての男の夢だって。四国かどっかのお坊ちゃんで、大学生なのにＢＭＷに乗ってたな」

「してあげたのかい？」

「まさか。海にドライブに行く途中だったんだけど、信号でクルマからおりて、電車で帰ってきました」

「キミらしいよ」

宗一郎は笑ったが、美砂子はニコリともしなかった。

「あなたは冗談でもそういう下品なこと口にしないわよね。尊敬してる。そういうところが好きなんだろうなって思う。けど……」

「けど？」

「いまはわたしがしたいのよ」

股間をまさぐる手つきが、にわかにいやらしくなってきた。

「やめろよ、ホントに……」

「どうしてもしたい」

驚いたことに、宗一郎の腰のベルトをはずしはじめた。ズボンのボタンとファスナーも……。

「事故って死にたいのか?」

「死んでもいいから、オチンチン舐めたい」

「頼むよ……」

泣き笑いのような顔になった宗一郎をよそに、

「わたしって下品な女だったのね。自分で自分に絶望しちゃう。だからもう、死んでもいい……」

美砂子はシートベルトをはずし、股間に顔を近づけてきた。ブリーフから取りだされたイチモツは、勃起していなかった。半勃ちにもなっていなかったが、美砂子はかまわず口に含んだ。

「おおおっ……」

宗一郎は野太い声をもらし、ハンドルを強く握りしめた。美砂子の口の中で、イチモツはむくむくと大きくなっていった。勃起するまで三秒とかからなかったはずだ。あの美砂子の唇を性器で感じ、勃起しないわけがなかった。

フェラが特別うまいわけではない。妻の顔の中で、いちばん好きなパーツが唇なのだ。涼やかな切れ長の眼も、すっと筋が通った高い鼻も、シャープに見えて柔らかい頬も全部好きだが、赤い薔薇の花びらのような唇だけは別格だ。結婚五年目のいまも、妻の顔を見るとまず唇に眼を奪われる。

そんな美砂子にフェラチオをしてもらうのは、結婚前からの悲願だった。結婚する前には言いだすことができず、式を挙げて三カ月ほど経ってからようやく切りだしたのだが、嫌な顔をされた。その後も何度か頼んでみたものの、どうにも苦手なようだったのでやがて求めなくなった。

なのになぜ、こんな状況で突然してくれる気になったのか……。

イチモツは歓喜にむせび泣きそうなほど感じていて、みるみるうちに鋼鉄のように硬くなっていった。

しかし、いまは運転中。このままではまずい……。

「たっ、頼むよ、美砂子さん……」

思わず「さん」づけで呼んでしまった。

「お願いだからいまはやめて……いまだけは……」

美砂子はやめるどころか、頭を振って男根をしゃぶってきた。口内に溜めた唾液ごと、じゅる、じゅるるっ、と音をたてて……シートベルトをはずしているので、それを知らせる警告音とシンクロしている。

アクセルをゆるめるしかなかった。暗い夜道に眼を凝らし、駐車場を探した。そんな気が利いたものはなかったが、道の両側は空き地だらけだった。ハンドルを切って、ブレーキを踏んだ。

クルマが停まっても、安堵の溜息をつくことはできなかった。美砂子は亀頭を情熱的に舐めしゃぶりながら、根元をしごいてきた。

「おおおーっ！」

宗一郎は運転席でのけぞった。男根が異常なくらい敏感になっていた。結婚前から悲願だった美砂子のフェラチオは、されているという事実だけで宗一郎を桃源郷に導いていく。

それに加え、この一週間、射精をしていなかった。美砂子が他の男に抱かれるところを想像すると、オナニーがしたくてしようがなかったが、精力を溜めておかなければならなかった。

夫婦交換の相手に恥をかかせるわけにはいかないし、その後は美砂子とふたりでラブホテルなのだ。お互いに興奮冷めやらぬ中だから、いつもはＮＧのことだって今夜はできるに違いない。この前だっていきなり立ちバックで貫いたのに、美砂子は嫌がるどころか、いやらしいくらいに燃えていた。

（こっ、こんなところでっ……出すわけにはいかないぞっ……）

いくら自分に言い聞かせても、男根の芯は熱く疼きだし、身をよじらずにはいられない。射精はもう、すぐそこまで迫っている。

「たっ、頼むよ、美砂子さんっ！　出ちゃうからっ……そんなにしたら、でっ、出ちゃううう……」

情けない声をあげながらのけぞった瞬間、ドクンッ、と下半身で爆発が起こった。間に合わなかったのだ。オナ禁一週間で溜めこんだ男の精が、ドクンッ、ドクンッ、と勢いよく放出されていく。

いや、放出しているのではなく、吸われていた。美砂子が鈴口を吸引しているから、いつもよりずっと速いスピードで、熱い粘液が尿道を駆け抜けていく。

「おおおっ……おおおおおっ……」

　宗一郎は運転席でのたうちまわった。美砂子が強く吸ってくるので、射精はなかなか終わらなかった。いつもの倍近い回数を発射したのではないだろうか。

　すべてを吸いとられると、ぐったりとシートに体をあずけ、しばらくの間、呼吸を整える以外になにもできなかった。

　それでもなんとか気を取り直し、ポケットティッシュを探した。そんなつもりはなかったのに、美砂子の口の中に出してしまった。クルマの中なのでしかたがないのだが……。

「ごめん……これ使って……」

　ポケットティッシュを差しだしても、美砂子は受けとらなかった。顔をあげると、宗一郎にわかるように、ごくんと喉を鳴らした。

（のっ、飲んだのか？　尻の穴を見られるのも恥ずかしがる女が、男の出したものを……）

　驚愕に眼を見開いている宗一郎をよそに、

「……苦いのね」

　美砂子はつまらなそうに言い、シートベルトを着けた。早くクルマを出せとばかりに前を向いたまま、宗一郎を見ようともしなかった。

4

道中アクシデントがあったせいで、待ち合わせ場所への到着は約束の時間ぎりぎりになった。

こんなに山奥まで行くのかよ、と宗一郎は胸底で何度も悪態をついた。クルマの運転が久しぶりのうえ、上り勾配（こうばい）のワインディングロードが延々と続き、酔ってしまいそうだった。

モチベーションを失っていたからに違いない。

これから巨乳の若妻を抱き、その後は愛する美砂子と熱いセックス——そう思っていれば、ワインディングロードも鼻歌まじりで運転しただろうが、男の精は妻に吸い尽くされてすっからかんだった。

（どうするんだよ、本当に……）

助手席の美砂子を横眼で睨（にら）む。完全に確信犯だった。フェラを苦手にしている彼女が、突然それをやりたくなるわけがない。なりふりかまわず、宗一郎が巨乳の若妻を抱くのを阻止（そし）したかったのである。

悔しいけれど、彼女の作戦は成功に終わるだろう。

若いころならともかく、齢四十ではそれほど早い回復は見込めない。愛撫にじっくりと時間をかけ、それでもまだ回復しないなら、クリトリスがふやけるほどに舌を使って、勘弁してもらうしかない。

待ち合わせ場所は展望駐車場だった。

けっこう標高の高いところまで来たので、昼間なら眼下に壮大な景色が望めそうだった。しかし、深夜零時になろうとしているいまは、遠くに町の灯りが小さく見えるくらいで、あとは真っ暗だ。外灯さえない。

サイドウインドウをおろした美砂子が、

「……蒸し暑いね」

横顔を向けたままポツリと言った。

「山の上だから、もっと涼しいと思ってたのに……」

厚めのセーターを着込んだ美砂子からは、欲情が伝わってきた。蒸し暑いことも蒸し暑かったが、これから始まる情事への期待と不安が、彼女の体を火照らせているのだ。夫が巨乳の若妻を抱くことは阻止できても、自分がこれから年下の男に抱かれる予定は変わらない。

もっとも、変えるつもりもないだろう。美砂子が他の男に抱かれることで、宗一郎が興奮するからである。夫婦交換が終われば、山のふもとのラブホテルで情熱的なメイクラブ……。

夫婦交換の時間は決めていないが、野外なので一時間かそこらだろう。そのインターバルがあれば、宗一郎の精力も回復すると美砂子は読んでいるはずだ。そのときにはもちろん、ネトラレ願望が叶ったブーストもかかっている。まったく、恐ろしい女である。

駐車場にクルマが入ってきた。黒いミニバン――片野夫婦の登場だ。宗一郎たちのクルマから一〇メートルほど距離を置いて停車した。

携帯電話が鳴った。片野光平からだ。

「もしもし……」

宗一郎は電話に出た。

「始めますか」

光平の声は若かったが、落ちついていた。

「ええ」

「じゃあ、嫁をそっちに行かせますね」

「わかりました。こっちもそうします」

宗一郎は電話を切り、美砂子を見た。眼を合わせず、うつむいたままドアを開け、外に出ていった。カツ、カツ、カツ……とハイヒールの音が遠ざかっていく。

片野夫婦のミニバンからも、女がおりてきた。片野菜由香だ。美砂子とすれ違いざま、お互い眼を合わせずに会釈した。カツ、カツ、カツ……と、今度はハイヒールの音が近づいてくる。

「失礼しまーす」

菜由香が助手席に乗りこんできた。

「あっ、どうも……」

宗一郎は間の抜けた挨拶をしてしまった。眼が合うと、お互いに少し笑った。

「緊張してますかぁ？」

「ええ、まあ……」

「わたしもしてますけど、このドキドキがいいんですよね。日常では絶対に味わえない緊張感……」

胸を押さえて深呼吸する菜由香は、可愛かった。小柄で童顔、黒髪のショートボブなのは写真で見た通りだが、写真よりずっと可愛い。

（マジかよ。そのへんのアイドルグループに交じってても、全然おかしくないじゃないか。人妻なのに、美少女みたいだ……）

とにかく眼が大きくて、キラキラしている。車内が暗くてよく見えないのが残念だったが、暗い中でもそうとわかるほど可愛らしい。

ただ、彼女のもうひとつのチャームポイントである巨乳は、まだ様子をうかがえなかった。男物らしき、ぶかぶかのコートを着ていたからだ。

はっきり言って似合(にあ)っていなかった。容姿はS級でも、服装のセンスはないのかもしれない。山の中に自宅があるらしいから、おしゃれをしても意味がないと思っているのだろうか……。

「夫婦交換、よくするんですよね？」

宗一郎が訊ねると、

「はい……」

菜由香は恥ずかしそうにうなずいた。

「いましかできないじゃないですか、セックスって」

「……と言いますと？」

「わたし、いましかできないことに弱いんですよ。子供のころからそうでした。いましかできないと思うと、日が暮れても泥んこ遊びをやめられなくて……学校に行ってからは部活。バスケ部だったんですけど、部活もやっぱり学生時代しかできないでしょう？　で、いまはセックス。わたし、二十代のうちにママになりたいから、それまではセックスを楽しみたい……ちょっと常識はずれなことでも、興味があるならなんでもやってみようって……」

話の途中から、宗一郎はまともに聞いていなかった。菜由香がコートのボタンをはずしはじめたからだ。

前がめくられると、叫び声をあげてしまいそうになった。

巨乳が見えた。生身の巨乳だった。たっぷりと量感があるせいで、やや重力に負けて垂れていた。菜由香はコートの下に服を着ていなかったのだ。

（うっ、嘘だろ……）

驚愕に眼を見開いている宗一郎に見せつけるように、菜由香はコートの前を全開にした。二重の意味で度肝を抜かれた。菜由香はただの裸ではなかった。

ボンデージファッションというのだろうか。黒革の帯状のものに、裸身が飾られていた。着ているのではない。エロティックに飾られているとしか言い様がない。下着や水着なら当然隠すべきところが、すべて露わになっているからである。

つまり、下半身も……。

（パッ、パイパンじゃないか……）

黒革の帯は太腿のまわりには巻かれているが、股間を隠してはいなかった。真っ白くこんもりと盛りあがった恥丘が見えた。車内が明るければ、割れ目の上端まで見えたかもしれない。

（エッ、エロすぎる……エロすぎるだろ……）

宗一郎は痛いくらいに勃起してしまった。アイドル級の顔面にして巨乳、コートの下は全裸よりいやらしいボンデージファッションで、おまけにパイパン――勃起しない男なんているはずがない。

「後ろに行きますか？」

菜由香ははずかしそうにコートの前を閉じた。うつむいていても、欲情は隠しきれない。

いったんクルマをおり、三列目のベンチシートに移動した。菜由香はコートのポケットをごそごそ探ると、なにかを出して口に咥えた。

ペンライトだった。

「せっかくエッチな格好してきたから、よく見てほしくて……」

恥ずかしげに言いながら、ペンライトのスイッチを入れる。視界が急に明るくなったが、そのペンライトは照らせる範囲が狭いらしく、車内のすべてが明るく照らされたわけではない。

菜由香が口に咥えたペンライトが照らしているのは、彼女の体だけだった。コートを脱ぎはじめると、宗一郎はごくりと生唾を呑みこんだ。

ボンデージファッションに飾られた巨乳が、再び姿を現した。

すさまじい迫力だった。宗一郎はそれほど巨乳にこだわりはない。顔やスタイルに合っていれば貧乳だって好きになれるけれど、全身の血が沸騰するくらい興奮してしまった。

　おそらく、ギャップがエロスを生んでいるのだ。菜由香の巨乳は、顔にもスタイルにも合っていなかった。ロリ顔なのに巨乳だし、巨乳がなければ少女のような幼児体型で、おまけにパイパンなのである。

　あるいは、巨乳というものには、男の本能に訴えるなにかがあるのかもしれない。見ていると、脳味噌が溶けていきそうだった。鼻の下を伸ばしただらしない顔になっていくのを、どうすることもできない。

「好きにして……いいよ……」

　菜由香は口に咥えていたペンライトを手に取ると、胸を照らした。全体のサイズに比例して乳暈は大きかった。垂れ目のパンダのような形には愛嬌があるが、色は地肌に溶けこみそうな薄ピンク。その中心で、乳首がぽっちりと突起している。巨乳は感度が鈍いという説もあるが、彼女はとても敏感そうだ。

（もっ、もう我慢できないよ……）

　頭に血が昇った宗一郎は、菜由香にむしゃぶりついていった。ベンチシートに押し

倒し、その勢いのまま薄ピンクの乳首に吸いついていく。と同時に、巨乳を裾野から
すくいあげ、ぐいぐいと揉みしだいた。とても片手ではつかみきれない大きさで、蕩
けるように柔らかく、指が簡単に白い乳肉に沈みこんでいく。

「ああんっ……」

菜由香はあえぎ声も可愛らしかった。それでも性欲は旺盛らしく、みずから巨乳を
宗一郎の顔に押しつけてくる。

(たっ、たまらないだろ……たまらないじゃないか……)

深い胸の谷間に、宗一郎は顔を埋めた。そのまま左右の乳房を顔に寄せれば、顔面
パイズリの完成だ。

菜由香の乳房は、大きくて、柔らかくて、温かかった。興奮とともに、なんとも言
えない安心感を与えてくれる。

5

ひとしきり、巨乳と戯れることに没頭した。

乳首や乳暈だけではなく、隆起全体を舐めまわしたので、気がつけばふたつの胸のふくらみが、唾液でテラテラと光っていた。

いつまでも続けていたかったが、セックスには相手がいる。菜由香はすでに眼の下を生々しいピンク色に染め、ハアハアと息をはずませている。時折チラリとこちらを見る目も欲情の涙に潤みきって、ロリ顔なのに色気がすごい。

次のステップを求めているようだった。上半身ばかりではなく、下半身も可愛がってほしいと、彼女の顔には書いてあった。

「あっ、あのう……」

菜由香が上ずった声で言った。

「ちょっと試してみてほしいことがあるんですけど……」

「なんだろう？」

「わたし最近、これに嵌まってて……」

菜由香はコートのポケットからなにかを取りだした。柔らかそうな黒い生地の小袋から取りだされたものには、見覚えがあった。

（マッ、マジか……）

ウーマナイザーだった。

「人にやってもらったらどんな感じなのかなあって、興味があって……」

「なっ、なるほど……」

可愛い顔して、いったいどこまでいやらしいのだ。

「使ったことあります？」

「ない」

「ここの穴で、クリちゃんを吸うんです」

「それは知ってる」

「じゃあ、お願いしていいですか？　操作は簡単ですから……」

ウーマナイザーを渡された。思ったよりも小さく、手のひらにすっぽり収まった。白とシルバーのボディカラーもスタイリッシュで、性具というより美容器具みたいである。

「でもさ……」

疑問がひとつあった。

「ご主人にやってもらったことはないの？」

「ないですよ！」

菜由香は頬をふくらませた。

「そんな恥ずかしいこと、夫に頼めるわけないじゃないですか」

「僕ならいいわけ？」

「それは……一期一会っていうか……旅の恥は掻き捨てっていうか……」

「なるほど」

宗一郎は大きくうなずいた。彼女の気持ちはよくわかった。宗一郎にしても、美砂子の股間にウーマナイザーをあてたくはない。性具でよがっている妻を見たくないし、よがらせている自分も見せたくない。

だが、菜由香にだったらできそうだった。可愛い顔をしていても、コートの下は裸にボンデージというお色気モンスターだ。彼女はこの夫婦交換をとことん楽しみたいわけで、断るほうが失礼にあたる。

「ええーっと、スイッチは……」

「もうオンになってます。クリちゃんに近づけると勝手に吸ってくれるんですよ。タッチセンサー機能で」

宗一郎は唸った。見かけ倒しではなく、最新テクノロジーが駆使されている。

「それじゃあ……お願いします」

菜由香が両脚を開いていく。見られると興奮するらしい彼女は、M字に開いた両脚の中心をペンライトで照らすのを忘れない。

（うわあ……）

毛のない女陰を目の当たりにし、宗一郎の口の中には生唾（なまつば）があふれた。一瞬、まばたきも呼吸もできなくなったくらいだった。

アーモンドピンクの花びらが、淫らに縮れながら身を寄せあっていた。厚みはそれほどなさそうだが、サイズは大きくてよく伸びそうだった。女性器というのは、本当に千差万別、人によってずいぶん違う。

（パイパンというのも、いいもんだな……）

女の陰毛はあったほうがいやらしいと思っている宗一郎でも、菜由香の股間には見とれてしまった。毛がないから清潔感があるし、女陰の形がよくわかる。なにより、ロリ顔との相性が抜群だ。

ウーマナイザーを渡されたとはいえ、いきなりそれを使うのも芸がない気がした。

まずは触るか触らないかのフェザータッチで、内腿をくすぐってやる。さらに剝きだしの女陰にふうっと息を吹きかけると、菜由香はそれだけでビクッとした。

（エッチなんだな……）

宗一郎はニヤニヤと卑猥な笑みをもらすのをやめられなかった。美砂子を抱くときは毅然としていることを心掛けているし、ベッドでニヤニヤなんてしないけれど、これは一期一会であり、旅の恥は搔き捨て……。

鏡を見たら自己嫌悪に陥りそうなほどだらしない顔をしている自覚があっても、気にする必要はない。鏡なんて見なければいい。

「かっ、可愛いオマンコだね……」

そんなことさえ口走りながら、ふうっ、ふうっ、と息を吹きかける。美砂子の前では口が裂けても言えないし、他の女の前でも言ったことがないが、菜由香はきっと、こちらもとことんスケベな男になることを期待している。股間に息を吹きかけるだけで、身をよじりだしている。

親指と人差し指を使って、割れ目をひろげた。つやつやと濡れ光る薄桃色の粘膜が姿を現し、舌を這わせると、

「ああんっ！」

菜由香は腰を跳ねさせた。ねろり、ねろり、と舐めるほどに、薄桃色の粘膜は潤いを増し、やがてしたたるほどに蜜を漏らした。さすが十四歳も年下の若妻だと感心してしまうくらい、フレッシュな味わいだった。

クリトリスが半分ほど包皮から顔を出してきたので、ウーマナイザーを近づけていった。スイッチを押すわけでもないし、音も全然しないので、本当に動いているのか不安になったが、

「ああーんっ！　はぁああーんーっ！」

菜由香は釣りあげられたばかりの魚のようにビクビクと体を跳ねさせた。

「気持ちいいかい？」

宗一郎は思わず訊ねてしまった。

「いいっ！　いいっ！　きっ、気持ちいいーっ！　吸われてるーっ！　クリちゃんが吸われてるーっ！」

そう言われても、感じさせている手応え（てごた）がまるでなかった。最新テクノロジーが行き届きすぎて、男の出る幕がなくなっている。

いや……。

ウーマナイザーが吸引しているのはクリトリスだけ。女の性感帯は、他にもたくさんあるではないか。

それに……。

ここが窮屈な車内であれば、どさくさにまぎれて大胆なことをしてしまっても大丈夫かもしれないと閃いた。実際、三列目のベンチシートでは、本格的なクンニリングスの体勢になることが難しい。女体を折り曲げないと……。

「あぁーんっ！」

マンぐり返しに押さえこむと、菜由香は驚いて眼を丸くした。

「いや、その……ここ狭いから……こうしたほうが舐めやすいから……」

宗一郎はしどろもどろに言い訳しつつ、ウーマナイザーをクリトリスにあてた。相変わらず手応えはなかったが、菜由香は火がついたようにあえぎはじめ、なにも言えなくなった。

作戦成功だった。

目の前でアーモンドピンクの花びらが、蝶々（ちょうちょう）のような形にひろがっていた。宗一郎は片方ずつ口に含んでしゃぶりまわした。薄くてもよく伸びる、たまらなくいやらしい舐め心地がした。

さらに、新鮮な蜜をあふれさせている薄桃色の粘膜にも舌を這わせていく。ねろねろと舐めまわせば、呼吸をするように収縮する。じゅるっ、と音をたてて蜜を啜ると、菜由香がひときわ甲高い声をあげた。

（こんなにあえいで大丈夫なのか？）

ここは野外のクルマの中、菜由香の声が大きすぎるような気もしたが、興奮しすぎて愛撫を手加減することができない。浅瀬にヌプヌプと舌先を差しこんでは、中を掻き混ぜてやる。菜由香はよがりによがり、また新鮮な蜜があふれてくる。

（こっちも、感じたりするのかな……）

女の花より手前にあるアヌスの存在が、気になってしようがなかった。菜由香ほどのエロい女なら恥ずかしい後ろの穴も性感帯のような気がした。それに、薄紅色の綺麗な色をしている。

「ああんっ、いやあーんっ！」

ペロペロと舐めてやると、菜由香は困惑したように眉根を寄せた。だが、拒絶はしない。ペロペロ、ペロペロ、と宗一郎はさらに舐めた。細い皺の一本一本を舌先でなぞり、さらに舌先を埋めていく。

「ダッ、ダメッ……ダメですっ……」

切羽(せっぱ)つまった声をあげた。

「そっ、そんなことしたら、イッちゃうっ……お尻でイッちゃうっ……」

宗一郎はアヌスを舐めながら、ウーマナイザーでクリトリスを吸引しつづけていた。なので、正確に「お尻でイッちゃう」わけではないだろうが、菜由香は絶頂を呼びこむように息をとめ、紅潮した顔をひきつらせている。

「お尻の穴を舐められて、気持ちいいのかい？」

「いいっ！　いいっ！」

「クリとどっちがいい？」

「どっ、どっちもっ……どっちもいいっ……ああっ、もうおかしくなりそうっ……気持ちがよくってどうにかなっちゃうっ……」

マングり返しに押さえこんだ体が、ぶるぶると震えはじめた。

「イッ、イクッ……もうイクッ……イクイクイクイクッ……はっ、はぁあああああああーっ!」

絶叫するような声をあげ、菜由香はオルガスムスに駆けあがっていった。可愛い口リ顔をくしゃくしゃに歪めて、淫らな歓喜を噛みしめた。

第四章　人妻の背信

1

さすがにひどいことをしたかもしれない、と美砂子は後悔に駆られていた。

もちろん、宗一郎にフェラチオをし、射精させてしまったことだ。

これから夫婦交換というタイミングでそんなことをすれば、精力絶倫とは言えない夫は、まともに女を抱くことができない。たとえ勃っても、中折れだ。相手の女は落胆し、宗一郎は針のむしろに座らされる。

いくら相手の女が大嫌いなタイプでも、大人のすることではなかった。夫にも悪いことをしたが、相手に対しても失礼である。

しかし、夫婦交換のためにクルマをおり、彼女とすれ違った瞬間、後悔など吹き飛んだ。お互い眼を合わせずに会釈したのだが、彼女は口許に笑みを浮かべていた。

（この子……）

自信があるのだ。

宗一郎を夢中にさせる……。

美砂子は自分の容姿が男の眼にどう映っているのか、正確に理解しているつもりだった。美人、綺麗、高嶺の花――いくら賞賛の言葉を並べられても、モテると思ったことはない。極端にモテないわけでもないだろうが、自分よりはるか上を行くモテ女が存在することをよく知っている。

彼女のようなタイプである。

小柄で、童顔で、笑顔が可愛らしく、適度に隙があり、おまけに胸だけはやたらと大きい――実際、婚活パーティで多くの男が群がっていたのは、そういう女ばかりだった。十人くらいに囲まれている場面を目撃したこともある。

美砂子は全部で三回ほど婚活パーティに参加したことがあるけれど、声をかけてきた男は宗一郎を含めて三人だけだ。

気安く声をかけられる女にはなりたくないと思っていたから、深く傷ついたわけではない。しかし、そういう現実を突きつけられると、やはり心に青あざのようなものが残る。その結果だけでモテない女の烙印を押されたとは思わないが、少なくとも結婚相手として相応しくないと思われている。

それでも、可愛いタイプの女を羨ましいと思ったことはないし、なりたいと思ったこともない。人は人、自分は自分、である。

ただ、視界には入ってきてほしくなかった。できるだけ存在を忘れたかった。職場の新人にもその手のタイプがいるが、絶対に気を許さない。男に可愛く見られたがる女ほど、実は気が強くて腹黒いと相場は決まっているからだ。

なのに……。

宗一郎はよりによって、美砂子の嫌いなところを寄せ集めたような女を、夫婦交換の相手に選んだ。菜由香という、名前からしてブリッ子臭が漂ってくる二十六歳。夫より十四歳も年下。

信じられなかった。

夫婦交換をする目的は、宗一郎のネトラレ願望を叶え、夫婦生活の刺激にすることだが、今度ばかりは美砂子のほうが夫を寝取られる気分である。

(でも、どうせ中折れよ。ふたりともいい気味……)

夫の相手にばかり気をとられていたので、自分もこれから知らない男とセックスするという現実と、美砂子はまだしっかり向きあっていなかった。

片野光平の待つミニバンのサイドウインドウをノックし、「失礼します」とドアを開けても、現実感がまるでない。なんだか夢の中にいるような、ふわふわした気分が続いている。

「後ろに行きましょうか」

片野にうながされ、三列目のシートに腰をおろした。片野も運転席から移動してくる。車内という密室にふたりきり――にわかに息が苦しくなった。

片野は三十歳のグラフィックデザイナーだという。容姿に特徴がない。つるんとした顔立ちで、中背の痩せ形。たぶん全身ユニクロだろうが、服装に清潔感はある。

「僕らはもう、十回以上は夫婦交換をしてますが……」

片野がうっとりした眼つきでささやいた。

「こんなに綺麗な超絶美人にあたったのは初めてですよ。マジ感激してます。もしかして、元モデルさんとか？」

やれやれ、と美砂子は胸底で溜息をついた。ずいぶんと幼稚な褒め言葉だった。そんな台詞で女をしらけさせるくらいなら、さっさと始めてほしい。こちらは年下男とのセックスに興味があるわけではない。ネトラレ願望のある夫を興奮させるために、しかたなく体を投げだすのである。

肩を抱かれ、顔をのぞきこまれた。美砂子は眼を閉じ、唇を差しだした。キスをされた。

片野のキスは上手かった。若いくせに落ちついている。唇が重なってからお互いに口を開くまで、時間をかけられた。焦れた気分で美砂子が先に舌を差しだすと、片野の舌にやさしく包みこまれた。

（場数を踏んでるってわけね……）

舌と舌をからめあいながら、年下だからセックスが下手かもしれないという不安は霧散していった。気持ちがまっすぐに伝わってくる不器用なキスも嫌いではないが、片野はあきらかに技巧派だった。舌にも性感帯があることをわからせてくれるようなキスをする。

「美人ってすごいですね。チュウしてるだけで興奮がレッドゾーンだ……」

右手を取られ、片野の股間に導かれた。「えっ？」と思った。息をとめて眼を丸くしている美砂子を見て、片野が意味ありげに笑った。

「うちの嫁、可愛いでしょう？　高校時代は全校生徒の半分からコクられたらしいです。結婚前にバイトしてたファミレスじゃあ、ド田舎の店なのに彼女目当ての客が行列をつくってた。そんな町いちばんのモテ女を僕みたいな男が射止めることができた理由が、これですよ……」

美砂子は言葉を返せなかった。右手は片野の股間に押しつけられていた。手のひらにあたる感触に違和感があった。大きい。大きすぎる……。

「見てみます？」

片野はベルトをはずし、ズボンとブリーフをめくりおろした。そそり勃った男根の存在感に、美砂子の息はとまった。自分が知っているペニスのサイズとは違う。長さも太さも、宗一郎の倍近くあるのではないか。

（こんなに大きなもの、わたしの中に入るの？）

車内が暗くて細部までよく見えなかったが、それがまた禍々（まがまが）しさに拍車をかけた。

暗い茂みに棲息（せいそく）している大蛇のようだった。

「握ってみてください」

命じられた通りに、美砂子の体は動いた。大きいだけではなく、硬かった。それが放つ熱い脈動に合わせて、鼓動がどこまでも高まっていく。

「奥さん……」

キスをされた。今度は先ほどより情熱的に舌を吸われた。口の中を舐めまわされ、音をたてて唾液を啜られた。

息もできないような濃厚なキスに翻弄されながらも、美砂子の意識は右手に集中していた。女は巨根が好きだという説がある。嘘だと思っていた。ただ大きければいいのなら、ヴァイブに勝るものはない。

ならば、この胸のざわめきはいったいなんなのだろう？　不安が嵐を起こしている。こんなもので貫かれたらどうなってしまうのか、想像ができない。だが、不安と同時に期待もある。まだ嵐の中で小さく灯っているだけだけれど、それは確実にメラメラと燃えている。

片野はキスを続けながら、美砂子の体をまさぐってきた。セーター越しにふたつの胸のふくらみを揉まれた。セーターは分厚いし、ブラジャーもパッドの入ったフルカップなのに、乳首が熱くなってくる。

まるで燃えているみたいだった。ドクンッ、ドクンッ、と心臓が鳴っているその上で、淫らに尖った乳首が……。

「あっ……」

声がもれてしまったのは、片野の手指がスカートの中に入ってきたからだった。美砂子はくるぶしまであるロングスカートを穿いていた。それを膝までまくりあげられ、手指が太腿を這ってくる。ぎゅっと閉じてみたものの、片野の繊細な指使いの前に、次第に下半身に力が入らなくなっていき……。

内腿を撫でられた。付け根はもうすぐそこだ。

「熱くなってますよ……」

片野が耳元でささやいた。

「スカートの中が、とっても……」

「きょ、今日は蒸すから……」

我ながら見え透いた言い訳だと、美砂子は自分で自分に失望した。スカートが熱気を孕んでいるのは、気温のせいでもなんでもない。

右手につかんでいる大きすぎるペニスのせいだった。

美砂子は興奮していた。

片野の愛撫は、若いくせにどうして？　と言いたくなるほど練達で、スマートだった。スカートの中で動く手指が股間に到達すると、美砂子は歯を食いしばって声をこらえなければならなかった。

ショーツとストッキング——二枚の薄布越しに、割れ目を撫でられた。片野は決して焦らず、乱暴にもせず、じっくりと指を動かした。そうしつつセーターをめくり、背中のホックをはずして、ブラジャーのカップもめくりあげた。

無防備になった乳首に、舌が襲いかかってくる。物欲しげに尖っている側面から、チロチロ、チロチロ、と舐めはじめる。それから、やわやわと吸いたて、甘嚙みまでして、ふたつの乳首を可愛がってくれる。

気持ちよかった。

料理を褒めるときに、「お金がとれる」という言い方をするときがある。それに倣えば、片野の愛撫はお金がとれそうなほど上手い。

「あああっ……」

ついに声が出てしまった。片野の指が、クリトリスに振動を送りこんできたからだった。まだ下着越しなのに、峻烈な快感が体の芯を走り抜けていく。ラブグッズの刺激も気持ちよかったけれど、やはり男の指に勝るものはない、と思ってしまう。

「腰が動いてますよ、奥さん……」

片野に耳元でささやかれても、じっとしていることはできなかった。完全に体に火がついてしまっている。ショーツの中がヌルヌルして気持ちが悪い。まだ直接触られたわけでもないのに、ずいぶん濡らしているらしい。

巨根をしごいた。右手が勝手に動きだした感じだった。

「おおおっ……美人にされる手コキだと、気持ちよさも倍増だなあ……」

片野は余裕綽々で、口許に笑みさえ浮かべながら生身の乳首を舐めまわし、下着越しに股間をいじりまわしてくる。

美砂子は完全に焦っていた。

イッてしまいそうだった。

もちろん、夫婦交換で絶頂をむさぼるわけにはいかない。辛島にはイカされてしまったけれど、あれは電マだのウーマナイザーだの、初めて経験することばかりだったからだ。

普通に抱かれるだけなら、愛のないセックスでイクはずがなかった。いや、イッてはならなかった。

なにも意地になって、夫に操を立てたいわけではない。美砂子自身のためだ。自分で自分を嫌いになりたくないから、絶頂だけは我慢するのだ。

体は投げだしても、心まで渡すわけにはいかなかった。夫婦交換までしている女がなにを言う、と笑われたってかまわない。美砂子は夫のことを一途に愛する女でいたいのである。

そうでなければ、単なる欲求不満の人妻になってしまう。それだけはどうしても嫌だった。べつに欲求不満解消のために夫婦交換を行なっている人がいてもいいが、自分はそうなりたくない。

だが、それでもオルガスムスの予兆はじわじわと迫ってくる。真綿で首を絞められるように、そこに追いこまれていくのがはっきりわかる。

スカートを穿いたまま、ストッキングを脱がされた。続いてショーツも脚から抜かれる。

愛撫が一時中断したことにはホッとしたが、防御するものがなくなった股間が、急に心細くなった。

「奥さん、ちょっと腰をあげてもらってもいい？」

立たされた。といってもクルマの中だから中腰だ。

片野はベンチシートにあお向けに横たわってから、言った。

「またがってきてもらえますか」

一瞬、意味がわからなかった。

「クンニしてあげますから、おまたをこう、僕の顔に……」

美砂子の顔は熱くなった。そんなはしたないことはしたくなかった。

しかし、この状況で駄々をこねるのも野暮な話だし、片野は美砂子のことを奔放な女だと思っているはずだった。夫婦交換をしている以上、顔面騎乗位くらい平気でできる女だと思われているに違いない。

そうであるなら、もう開き直ったほうがいいだろう。

中腰のまま長いスカートをまくりあげた。剝きだしになった太腿に熱い視線を感じつつ、片脚をあげた。その格好自体、顔から火が出そうなほど恥ずかしかった。まるで電柱におしっこする犬である。

ここがベッドの上であれば、騎乗位の格好でまたがれるのだが、狭い車内では無理だった。片脚をあげた情けない格好で、股間を片野の顔に近づけていく。

「ううう……」

中腰の体勢が苦しかった。しかし、片野の舌が女の花に這いまわりはじめると、そんなことは言っていられなくなった。

「くっ……くううっ……」

生温かい舌の感触が、敏感な粘膜にしみた。下着越しに指でじっくりといじりまわされ、ショーツがヌルヌルするほど性感は高まっていた。そこを舐められているのだから、冷静でいられるわけがなかった。

「くくくっ……あああっ……」

刺激に反応してしまい、体のバランスを崩しそうになる。ハイヒールを履(は)いてきたのが失敗だった。踵(かかと)の低い靴であれば、もう少し足を踏ん張れたのに……。

バランスをとるためには、前の座席のヘッドレストをつかむしかなかった。そうなると、スカートをまくりあげていることができなくなる。必然的に、片野の顔にすっぽりとかかってしまう。

「ご、ごめんなさい……」

「大丈夫ですよ。奥さんみたいな美人のスカートの中に顔を入れられるなんて、夢みたいな経験ですから……」

片野がくなくなと舌を動かすと、美砂子は腰をくねらせた。その淫らがましい動きに、自分で自分が嫌になってくる……。

2

「うわあ。スカートの中に奥さんの匂いがこもってきましたよ。いい匂いだなあ。香水みたいに売れるんじゃないかなあ……」

幼稚な言葉遣いとは裏腹に、片野の舌使いは達者だった。キスをしたときからわかっていたことだが、時に大胆に花びらをしゃぶり、時にねちっこくクリトリスを舐め転がしてくる。緩急のつけ方が上手いし、美砂子が刺激してほしいポイントに、舌はかならずやってくる。

気持ちよかった。

とはいえ、イッてしまいそうな状況からは、からくも逃れることができていた。中腰の体勢が苦しいからである。

ただ感じていることは間違いなく、あふれた蜜が内腿はおろか、膝のほうまで垂れてきていた。スカートの中に発情の匂いがこもっていると言った片野の言葉に、誇張はなさそうだった。

あとでスカートをまくられたときのことを考えると、背中に冷や汗が流れた。おならの臭いを嗅がれるよりはマシだが、それでもやはり恥ずかしい。だいたいこれは片野家のクルマだから、車内にいやらしい匂いがこもっていれば、あのロリ顔の巨乳にも嗅がれることになる。

それにしても……。

片野はズボンとブリーフを太腿までさげたままなので、そそり勃った類い稀な巨根が、ずっと視界に入っていた。見れば見るほど強烈な存在感で、眼をそむけることができない。

「ごめんなさい。もう無理……」

美砂子が中腰の体勢にギブアップすると、片野は体を起こし、ベンチシートの隣に座らせてくれた。美砂子は息をはずませながらさりげなく、だが内心では必死になって、スカートを直した。

「それじゃあ今度は、奥さんがお返しに舐めてくれる番ですね」

片野はニヤニヤ笑いながら、巨根を握りしめてしごいた。

「ほら、見てください。早く舐めてほしくて涎がこんなに出てる。吸ってくださいね。チュッて可愛い音をたてて……」

美砂子の表情は曇った。

「ごっ、ごめんなさい……フェラはパスさせてもらいたいんだけど……」

「どうして？」

「実はすごく苦手で、夫にもしたことがないくらいで……」

「嘘ばっかり」

片野は笑っている。

「奥さんとキスしたとき、イカ臭い匂いがしましたよ」

「えっ……」

「ザーメン飲んだ匂いがしたって言ってるんです。僕らのことを待ってるとき、ご主人が辛抱たまらなくなって、しゃぶらされたんでしょう？　こんな美人にごっくんまでしてもらえるなんて、まったく羨ましいご主人だ」

「きっ、気のせいよ……」

「そうですか？　それならそれでいいですけど、パスはできませんからね。舐めたら舐め返す、それが男と女のマナーってもんじゃないですか」

五つも年下の男にマナーを諭され、美砂子はカチンときた。しかし、言っていることは彼のほうが正しい。

「そんなにビビんなくても、ちゃんと咥えられますから安心してください。うちの嫁、奥さんより口が小さいけど、こいつをしゃぶるのが大好きですよ」

長大さを誇示するように、自分の手でしごく。

「わかったわよ……じゃあちょっとだけ……」

美砂子の負けず嫌いが顔をのぞかせた。自分より口の小さなロリ顔妻にできることなら、いい歳して尻込みしているのはみっともないと思ったのだ。

上体を屈め、本日二度目のフェラチオを始めた。

根元を握りしめ、先端をペロペロと舐めまわしていく。亀頭からして大きいので舌が疲れる。エラの張りだし方が凶暴すぎて、舐めているとと怖くなってくる。

「気持ちがいいですよ、奥さん……」

片野に後頭部を撫でられた。そういうことをされるのが、美砂子は大嫌いだった。できることなら身動きができないくらいの快楽で翻弄してやりたかったが、残念ながらそれほどの性技はない。

チュッ、と音をたてて鈴口を吸った。口に入ってきた味は、夫のものより苦くなかった。若いせいだろうか？

「たまらないですよ、奥さん……でも、そろそろ咥えてもらえませんか？」

片野がしつこく後頭部を撫でてくる。あのロリ顔の巨乳はきっと、フェラをしながら頭を撫でられるのが好きなのだろう。だが、自分は違う。男にペット扱いされると苛々(いらいら)してくる。

「うんあっ……」

口を開き、亀頭を咥えようとした。顎が痛くなるくらい口を開かなくては、とても入りそうになかった。

それでもなんとか、ゆっくりと口の中に収めていく。涙が出そうになったのは、えずきそうになるのを必死にこらえているせいだった。自分がいまどんな顔をしているのか、考えたくなかった。

「ね、ちゃんと咥えられたでしょう？」

得意げにいう片野の言葉など、美砂子には届いていなかった。しつこく後頭部を撫でられていたが、それにもかまっていられない。

（くっ、苦しい……）

口の中を支配している巨根は、圧倒的な存在感だった。舌や唇を動かすこともできず、ただ咥えているだけで精いっぱい――なのに興奮しているのはなぜなのか。美砂子はたしかに、両脚の間を疼かせていた。いままで口腔奉仕をして興奮したことなんてなかった。だが、いまは確実にしている。

想像してしまうからだった。いま口の中を支配している強烈な肉棒は、あと何分か後には自分を貫いてくる。上の口ではなく下の穴を……。

どうなってしまうのだろう？

夫のものより気持ちよかったりしたら、その後に自分を保っていられるのか？

辛島にも十回以上イカされたけれど、あれはラブグッズのせいだった。

しかし、今日は生身のペニス——イカされたら言い訳はできない。夫を裏切ることになる……。

「んっ、んぐうう—っ！」

片野が頭を揺すってきたので、美砂子は鼻奥で悲鳴をあげた。

「ただ咥えているだけじゃ、フェラになりませんよ。ちゃんとしゃぶってくださいよ、奥さん……」

しゃぶるのなんて無理だと、美砂子は胸底で泣き叫んだ。もうこれ以上深く咥えこめないし、口内で舌だって動かせない。

だが、片野はおかまいなしに美砂子の頭を揺すってきた。必然的に唇がスライドし、喉奥まで亀頭が侵入してくる。さらに腰を使って下から突きあげられると、苦しさに涙が出た。

（たっ、助けて……）

いまにもえずきそうになりながら、涙だけをボロボロとこぼす。こんな屈辱的なやり方はあり得ないと思った。まるで顔を犯されているみたいだ。

とはいえ、片野は加減を知っているようだったし、女の口は思った以上に大きなものを咥えこめるようになっているらしい。

次第に慣れてきた。意識が朦朧(もうろう)としてきたから、感覚がおかしくなってきたのかもしれない。息苦しく、いまにもえずきそうになっているのに、気持ちよくなってきた。快感を覚えているのとは少し違う。口の中を支配されていることが気持ちいいのだ。もっと支配されたいのだ。口ではない場所も……。

薄れゆく意識の中で、片野に貫かれている想像だけが、生々しい輪郭(りんかく)を帯びてくる。どうやってされるのだろう？　クルマの中だから自分が上にされるのか？　それともバック？　ベンチシートに四つん這いになって、後ろから……。

「……ぅんあっ！」

頭を持ちあげられ、口唇から巨根が抜けた。美砂子はすぐに口を閉じることができず、あふれた唾液が顎を伝って喉まで垂れてきた。

「すいません。泣くほど苦しかったですか？」

片野がニヤニヤ笑いながら、美砂子の頬を濡らしている涙を指で拭(ぬぐ)ってくる。相手が年上の男なら、間違いなくビンタしていた。しかし、五つも年下のつるんとした顔を見た瞬間、怒りだすのが馬鹿馬鹿しくなった。美砂子は呆然とした顔で、黙って頬の涙を拭われていた。

「しーっ」

片野が唇の前に人差し指を立てた。美砂子はまだ、ハアハアと息をはずませていた。

「耳をすましてください。聞こえるでしょう?」

一瞬、意味がわからなかった。それでも耳に意識を集中すると、たしかに遠くから聞こえていた。

女のあえぎ声が……。

「あの感じだと、もう繋がってますね」

訳知り顔で片野が言う。

「うちの嫁、入れられると声音が変わるんです。まあ、誰でもそういうところはあるんでしょうけど、うちの嫁はとってもわかりやすい」

「そっ、そう……」

美砂子はにわかに落ち着きをなくした。片野に翻弄されてすっかり忘れていたが、宗一郎とロリ顔のセックスも、現在進行中なのである。

「のぞきに行きませんか？」

片野がニヤニヤしながらささやいた。

「ご主人とうちの嫁がどんなふうに盛ってるか、興味ありません？」

美砂子はにわかに言葉を返せなかった。

興味があるかないかと問われれば、あるに決まっている。それが単なる浮気なら、人格ごと興味をなくして三行半を突きつけるが、これはあくまでセックスレスを回避するために行なっているネトラレプレイ。夫への愛がなくなったわけではない。愛している男のセックスに興味がない女はいない。

「やっ、やめましょうよ……」

それでも美砂子は、首を横に振った。

「のぞきに行くのはルール違反じゃないかしら？　別々の場所でしている以上、夫婦といえどもルールは守ったほうが……」

「真面目なんですね」

年下に鼻で笑われ、美砂子はムッとした。

「ルールなんて言ってますけど、本当は怖いんでしょ？　ご主人が夢中になってる姿を目の当たりにするのが……」

図星だった。興味があるのと同じくらいかそれ以上に、怖い。

「僕だって怖いですよ。嫁が他の男に抱かれて、僕に抱かれている以上によがっていたらと思うと……」

「じゃあ、どうしてのぞきなんて……」

「うちの嫁、顔に似合わず相当ドスケベだと思うんですけど、それでも絶対にスワッピングパーティだけはＮＧなんですよね。僕以外の男に抱かれているところを、僕に見られたくないって」

「だったらよけいに……」

「でも僕は見てみたいから、あえてホテルを使わずに、クルマを使って夫婦交換するようになったんです」

「毎回のぞいているわけ？」

「相手の方が了承してくれれば」

「どうだったの、のぞいてみて？　怖かったんでしょう？」

美砂子はいつの間にか身を乗りだしていた。

「ショックを受けましたよ……」

片野は真顔で答えた。

「人生最大のショックだったかもしれませんね……はっきり言って、僕が抱いているときより感じているように見えました。嫁に訊いてないから実際のところはわかりませんけど、僕にはそう見えた……反省しましたね。それまでの僕はきっと、人よりペニスが大きいことにあぐらをかいていたんです。実際はサイズなんかより体の相性のほうが感度に影響するし、ムードづくりや丁寧な愛撫はもっと重要だ。そういうことに気づかされて、日々精進するようになりました。僕にとってはそっちのほうが重要なんです。なにもいろんな人妻と寝てみたいから、夫婦交換をやってるわけじゃなくて……」

まだ若いくせにまともなことを言うじゃないか、と美砂子は感心してしまった。

3

物音をたてないように注意しながら、ドアを開けて外に出た。

やたらと空気が湿っていて、弱い風が吹いてくると、全身をねっとりした感触に包みこまれた気がした。

覚悟は決まっていた。

夫のセックスをのぞく覚悟である。

先ほどの片野の話には、説得力があった。美砂子の目的は夫のネトラレ願望を叶えることだが、今後の夫婦生活を考えるうえで、このルール違反はやってみる価値があると判断せざるを得なかった。

夫のセックスを目の当たりにするのは怖いし、ショックだって受けるに違いない。

だが、傷つくことを恐れていては、人は成長できない。ショックを受けたら受けたで、次のセックスに活かせばいいだけだ。

片野はペニスが大きいことにあぐらをかいていたらしいが、それを言うなら美砂子にしても、容姿の美しさにあぐらをかいている。宗一郎が自分の見た目に惚れこんでいることをよくわかっているから、ベッドでの努力を怠っていたのだ。

間違っていた。若いころからそういう傾向があった気がするけれど、二週間に一度しか会わない恋人ならともかく、ひとつ屋根の下に暮らしている夫婦のセックスはそんなに甘いものではない。

努力を怠ればレスが訪れる。セックスがなくなってしまう。プライドをぺしゃんこにされ、心がいつも薄ら寒いレスにだけは、もう二度となりたくない。

足音を消しながら、一〇メートルほど先にあるミニバンに、ゆっくりと近づいていった。

先を歩いているのは片野だった。背中から緊張が伝わってきた。五つ年上の人妻を相手にしても、余裕綽々だった彼もまた、恐怖を覚えているようだった。同志という感じがして、心強かった。どんな理屈をつけたところで、美砂子ひとりであったなら、夫のセックスをのぞく勇気はなかっただろう。

宗一郎のいるミニバンが近づいてきた。片野はスニーカーだったが、美砂子はハイヒールだ。見つからないよう万全を期するため、脱いで手に持った。裸足で踏むアスファルトはひんやりして、なんだか気持ちよかった。

ロリ顔のあえぎ声は、クルマをおりたときからずっと聞こえてくる。それがどんどん大きくなってくる。こんな山奥ならのぞき魔も出ないと油断しているのだろう。手放しでよがり泣いていたが、声までアニメチックで可愛らしいので、美砂子はイラッとした。

片野とふたり、頭をさげてクルマに近づいていった。びっくりするほど揺れていた。カーセックスをすると、こんなにもクルマが揺れるものなのか……。

先にクルマに到着した片野が、振り返って手招きをする。いちばん後ろのサイドウインドウを指差している。

三列目のベンチシートでお盛り中らしい。

ごくり、と生唾を呑みこんでから、美砂子は片野に身を寄せるようにして立ちどまった。同志というより、もはや完全に共犯者だ。

ゆっくりと顔をあげていき、車内をのぞきこんだ。

まず眼に飛びこんできたのは、女の裸身だった。バレーボールほどもありそうな巨乳をタップン、タップンと揺れはずませて、ロリ顔が腰を動かしていた。対面座位だった。彼女の体はボンデージふうの黒革で飾られ、全裸でいるよりいやらしい姿になっていた。

「ああんっ、いいっ……すごくいいっ……わっ、わたし、またイキそうっ……」

宗一郎は座った状態で彼女の腰振りを受けとめていたが、言葉は返さなかった。目の前で揺れている巨乳と戯れることに夢中になっていた。たわわな乳肉を両手で下から支え持ち、わしわしと揉んでいる。左右の乳首を代わるがわる口に含んでは、豊かな胸の谷間に顔を沈めていく。

（最っ低っ……）

美砂子は唇を嚙みしめた。血が出そうなほど強く嚙んだ。

セックスしているのだから、乳房を愛撫するのはいいだろう。相手が巨乳で、それを自慢にしているなら、集中して刺激するのも男の気遣いかもしれない。

だが、そのだらしない顔はなんなのだ！　完全に鼻の下を伸ばしている。美砂子を抱くとき、宗一郎はこんな顔をしたことがない。いつだって紳士だ。日常生活でも、若い女に鼻の下を伸ばしたりしない。

そういうところが好きだったのに……。

心の底から幻滅した。

これを超える失望は、残りの人生でも二度と出会えないだろうと思った。

結局、妻の前では格好をつけていただけなのか。

若い女が相手なら鼻の下を伸ばすのか。

巨乳は揉み甲斐があって嬉しいか。

妻がCカップだから、よけいにありがたいか。

「ああーんっ、いいっ！　もっと吸ってっ！　おっぱい吸ってっ！　おっぱい吸われたらすぐイキそうっ……」

「イッていいよ」

宗一郎はニヤつきながらロリ顔にキスすると、乳首に吸いついた。チューチューと下品な音をたてて強く吸った。

「イッ、イクッ……もうイクッ……」

ロリ顔が眼をつぶって眉根を寄せる。

「イクイクイクイクッ……はっ、はぁあああーんっ！」

一歩、二歩、と美砂子は後退っていった。くるりと背中を向けると、自分たちが乗っていたクルマに向かって歩きだした。いつの間にか、競歩のような早足になっていた。

物音をたてることにも注意できないまま、スライドドアを開け、三列目に乗りこんだ。ベンチシートに腰をおろす間もなく、片野も戻ってきた。美砂子はその腰にむしゃぶりつき、震える手指でベルトをはずした。ブリーフごとズボンをおろして、片野をシートに座らせた。

片野は無言だった。険しい表情から欲情が伝わってきた。

美砂子はスキンを出し、巨根に被せた。ピルを飲んでいるので夫とするときは生挿入(なまそうにゅう)の中出しだが、夫婦交換ではスキン着用がマナーである。

ロングスカートをめくりあげ、片野の腰にまたがった。ショーツとストッキングは、先ほど脱がされたままだった。顔面騎乗位をしてから少し時間が経っていたが、両脚の間はドロドロに濡れていた。

巨根に手を添え、角度を合わせた。ビッグサイズに貫かれる恐怖より、別の感情に胸を掻き毟(むし)られていた。

片野はこちらを見ていたが、美砂子は顔をそむけて腰をおろしていった。先端が埋まった衝撃にビクッとしたが、かまわず体重をかけていく。

「あああっ……はぁあああっ……」

声が出てしまった。結合するときはいつも息をとめているのに、声を出さなければとても呑みこめそうになかった。

すごい存在感だった。宗一郎のペニスでも、貫かれているという実感はある。だが、片野の巨根は、槍(やり)で串刺しにでもされたようだった。

歯を食いしばって、腰を動かしはじめた。恥ずかしいほど蜜を漏らしていたので、ずちゅっ、ぐちゅっ、といやらしい音がたった。男の上にまたがって腰を使うのなんて、何年ぶりかわからなかった。少なくとも、宗一郎と付き合いはじめてからはしていない。

脳裏には、ロリ顔の対面座位がまだくっきりと残っていた。リズムに乗って、ダンスでも踊るように腰を動かしていた。

彼女に比べて、自分の腰使いはなんて下手なんだろうと美砂子は思った。いくら頑張ってもうまく動けなかった。泣きたくなった。

「すごい締まりですよ、奥さん……」

片野がセーターをまくりあげた。ブラジャーのカップをめくられて、乳首を吸われる。

「あああああっ……」

声をあげながらも、美砂子は自分がみじめでしょうがなかった。美砂子のCカップでは、男の上で腰を振ったところで、ロリ顔の巨乳のようには揺れはずまない。そもそも、腰振り自体がうまくない。自分は女として、あのロリ顔に負けている。宗一郎が鼻の下を伸ばしてもしかたがない……。

負けを認めた瞬間、涙が頬を伝った。気がつけば、泣きじゃくっていた。

少女のように泣きじゃくりながら下手な腰使いでセックスしている三十五歳の人妻なんて滑稽の極みだろうが、もうどうだってよかった。泣きじゃくりながら、美砂子は果てた。好きでもない男に抱かれてイキたくなんてなかったが、イカずにはいられなかった。

4

——今日、残業になったから。

宗一郎から届いたＬＩＮＥのメッセージを読むなり、美砂子はスマホをソファに投げつけた。ソファには洗濯済みの衣服が畳んで積まれていたので、スマホがそれにあたって崩れた。

「なんなのっ……なんなのよ、もうっ！」

床に崩れ落ちた服をつかんで、ソファに投げた。何枚も何枚も……。

リビングのテーブルには、料理の皿が並んでいた。メモリアルデイでもなんでもないのに、誰かの誕生日のような豪華さだった。定時の一時間前に店を早退し、デパ地下で選りすぐってきたご馳走である。

なぜご馳走を用意したのか、宗一郎に説明するつもりはなかった。説明なんかしなくても、心やさしき夫なら察してくれる。

美砂子が反省していることを……。

悪いと思っていることを……。

もう十日間も、宗一郎と口をきいていなかった。

一度目の夫婦交換のあとも、口もきかず、眼を合わせなくなったが、あのときは毎日セックスしていた。食事をしていてもお互いにセックスのことばかり考えていたから緊張し、そういう状態になっただけだ。

いまは違う。

口もきかず、眼も合わせず、事務的な連絡はＬＩＮＥのみで行ない、セックスもしていない。

自分のせいであることは重々承知していた。

二度目の夫婦交換のあと、宗一郎の運転するミニバンで山のふもとにあるラブホテルに行った。いつも通りの紳士面で運転している宗一郎を横眼で見ていると、腹が立ってしようがなかった。

ホテルの部屋に入るなり、宗一郎はセックスを求めてきたが、美砂子は拒んだ。それも、「触らないでっ！」とヒステリックな声をあげて突き飛ばした。

「あなたとはもうエッチしたくないっ！」

「どっ、どうして……」

唖然としている宗一郎に、美砂子はなおも怒鳴り散らした。

「理由は言いたくない！　エッチどころか、一緒に寝るのも嫌だから、わたしはあっちで寝ます」

「あっちって？」

「お風呂場！」

最近動画配信で、バスタブで寝ている殺し屋の映画を観た。彼は全裸で直に寝ていたが、さすがにそこまでは真似できなかったので、ベッドから掛け布団を剝がしてバスタブの中でくるまった。明日になったら体の節々が痛みそうだったが、宗一郎がなだめにきても、絶対に顔を出さなかった。

逆ギレであることはよくわかっていた。

いや、そもそもルール違反をして夫のセックスをのぞいた結果がこれなのだから、逆ギレにさえなっておらず、八つ当たりのようなものだった。

寝心地の悪いバスタブの中でひと晩過ごすと、気持ちは鎮まった。鼻の下を伸ばして巨乳と戯れていた宗一郎を思いだすと頭に血が昇ったが、夫は悪くないと自分に言い聞かせた。

しかし、自分から喧嘩を売っておいて、どうやって仲直りをすればいいのか、美砂子にはわからなかった。

家に帰ってからも、宗一郎が話しかけてくると噛みつきそうな勢いで睨みつけ、会話には応じなかった。べつに怒っているわけではなく、ただただ自分が情けないだけなのだが、どうしても素直に謝(あやま)ることができなかった。

そのまま、十日も経ってしまった。

美砂子は謝る代わりにご馳走を用意した。こちらの気持ちを察した宗一郎は、自分が悪いわけでもないのに「ごめんね」と口にするはずだった。そうすれば美砂子も謝れる。「あなたのせいじゃないの。なんだかわからないけど気持ちが昂(たか)ぶっちゃって……こっちこそごめんなさい」。

なのに宗一郎は帰ってこない。

残業なんて月に一回くらいしかないのに、よりによってそれが今日だ。

テーブルに並んだご馳走を眺めていても、食欲なんてまるでわいてこなかった。ふらふらと寝室に行き、ベッドにうつ伏せで倒れこんだ。

今夜、仲直りできたら……。

食事のあとはセックスするつもりだった。それも、オーラルセックスあり、正常位以外の体位もＯＫで……。

あのロリ顔の巨乳と比べられるのは嫌なので、騎乗位や対面座位はＮＧだが、犬のような四つん這いになってあげよう。お尻の穴を見られるのは恥ずかしいけれど、見たいなら好きなだけ見ればいい。こちらはセックス場面をのぞき見たので、その罪滅ぼしである。理由は説明できないが、宗一郎は喜んでくれるだろう……喜んでくれないと困る……。

「……ふうっ」

時計を見た。時刻はまだ午後七時を少し過ぎたばかり。

宗一郎は残業のとき、終電近くまで帰ってこない。仕事自体はもう少し早く終わるらしいが、一緒に残業した部下をねぎらうため、一杯飲んでから帰ってくるのが習慣になっている。

深夜に帰宅し、そのうえアルコールまで入っていれば、セックスはできないだろう。

それどころか、夫が帰ってこなかったことに、また逆ギレしてしまいそうな自分が怖い。リビングのテーブルには、早退までして用意した豪華なご馳走。「どうしてくれるのっ！」と怒鳴り散らしている自分の姿がありありと想像できる。

（わたしって、こんなに感情的な女だったっけ？）

暗色の自己嫌悪だけが、胸いっぱいにひろがっていく。こんなことでは、セックスレスどころか、そのうち愛想を尽かされてしまうのではないか……。

ぶるるっ、と震えながら体を起こした。

どうしてこんなことになってしまったのか、頭を絞って考えた。

ロリ顔の巨乳を相手に鼻の下を伸ばしていた宗一郎を見たことがきっかけだが、それについてはいったん呑みこんだはずである。セックスはする相手によって雰囲気が変わるものだろうし、自分を抱くときだらしない顔をしない宗一郎が好きだし、そもそも黙ってのぞき見たこちらが悪い。

それはともかく、その後も苛々が続いているのは、山のふもとのラブホテルでセックスしなかったことが原因かもしれない。

夫婦交換の目的は夫婦生活に刺激を与えることで、美砂子としても事後に宗一郎に抱かれるのを楽しみにしていた。自分たちが夫婦交換をするメインイベントは、交換したあとにあるはずなのに、それをしなかった。その後、週に一度はしようと決めていた夫婦生活も、当然のようにパスされた。

（もしかして……欲求不満だからこんなに苛々しているの？）

ぶるるっ、ともう一度震えた。悪寒がとまらず、自分で自分を抱きしめた。

欲求不満という言葉を、美砂子はこの世でいちばん忌み嫌っていた。自分がそういう状態であることが気持ち悪かった。

解消するには宗一郎に抱いてもらうしかないが、その前に十日続いた険悪な状況を改善しなければならない。豪華ディナーで仲直り作戦は失敗したし、他の作戦を考えようにも、宗一郎は酔って遅くに帰ってくる。

今夜セックスするのは、無理だ。

となると、また苛々した気分で夫と顔を合わせなければならず、未来がどんどん暗くなっていく気がする。

（どうしよう？　帰ってきたら、せめて笑顔でおかえりを言ってあげたい……）

宗一郎は酔っている。妻の態度が急に軟化しても、それほど不自然に思わないかもしれない。仲直りのきっかけがつかめる可能性だってある。

美砂子はベッドからおり、ドレッサーに向かった。ひとつ屋根の下で暮らしていても、夫が指一本触れず、興味さえ示さない妻の聖域——そのいちばん大きな引き出しの奥に、あるものを隠していた。

辛島に貰ったラブグッズである。電マ、ローター、ヴァイブ、そしてウーマナイザー。白いスケスケのレオタードはさすがに破棄してきたけれど、ローションだってボトルに半分以上残っている。

いつか夫婦生活がマンネリになりかけたら、これを使ってみたいと思っていた。宗一郎がどういう反応を示すかはわからないが、せっかく辛島が新品をくれたのだから、いずれは役に立ててみたいと……。

ただ、使うにしても、まだずっと先になるはずだった。宗一郎は現在、ネトラレ願望を叶えたことで、ごくノーマルな夜の営みでもすごく興奮している。オーラルセックスや正常位以外の体位を小出しに解禁していけば、しばらくマンネリになることはないはずだった。

（欲求不満を解消して、夫を笑顔で迎えるためには……）

オナニーをするしかないと思った。美砂子はしたことがあまりないし、これからもすることはないだろうと思っていた。ひとり淋しく自分を慰めているような女にはなりたくなかった。ウーマナイザーの効力を熱っぽく語っていた女友達のことなど鼻で笑っていた。

でも、やるのだ。

欲求不満を解消するために……。

すっきりした気分で、宗一郎と仲直りするために……。

慣れない自慰なので、指を使うより、ラブグッズを使うほうが、ハードルが低い気がした。なにしろ美砂子は、それで十回以上もイカされていた。コツのようなものはわかっているつもりだった。

（どうせやるなら……）

本気を出して、この前のようにローションも使ってみたらどうかと閃いた。夫は深夜まで帰ってこないし、バスルームですればベッドを汚すこともない……。

バスタブにお湯を溜めた。いつもなら三十分は半身浴をして、たっぷり汗を流すのに、気が急いて五分と浸かっていられなかった。

この部屋のバスルームは、一面の壁が全身の映る鏡になっている。引っ越してきたときはなかったが、美砂子がお金を出して設置してもらった。女には裸を映す鏡が必要なのだ。体のラインが崩れていないか隅々までチェックしなければならないし、無駄毛の処理にも……。

お湯が少し熱かったせいか、あるいは珍しく肩まで浸かっていたせいか、胸から下がほんのりと桜色に染まっていた。

ボトルのローションを風呂桶に出し、お湯を入れて薄めた。掻き混ぜるときにたつチャポチャポという粘っこい音が、たまらなく卑猥に感じられた。

まずは乳房から、桜色に染まった体に塗りたくった。びっくりするほど気持ちがよかった。ふたつの胸のふくらみの上でヌルヌルと手のひらを這いまわらせると、一瞬にして乳首が硬く尖り、下半身が疼きだした。

(こういうのも、夫婦交換をしなかったら知らずに死んでいったのね……)

そう思うと、なんだか感慨深かった。ヌルヌルになった乳房を撫でるのをやめられない。乳首をつまもうとすると、指の間からツルンと滑って抜けていき、その刺激がまた、非日常的な心地よさだ。

立ったまま、下半身にもローションを垂らした。ヌルヌルした生温かい粘液に、腰から下が包みこまれていくようだった。

しかし、乳首を刺激したように、股間に指を這わせることはできなかった。かなり抵抗感があった。ラブグッズがあってよかった。それを使えば、自慰をする恥ずかしさが半減されるような気がした。

シャワーからお湯を出し、右手だけローションを落とした。

いくつかあるラブグッズの中から、美砂子は迷わずウーマナイザーを選んだ。たぶんいちばん高級品だからだ。女というのは高級品に弱いものだ。他のものとは値段が一桁違うし、有名女優などのセレブも御用達らしい。

スイッチを入れても、とても静かだった。操作も簡単だ。タッチセンサーがついているので、クリトリスに近づければ勝手に吸引してくれる。

だが……。

立ったままウーマナイザーを使うのは難しく、美砂子は一瞬、動けなくなってしまった。床に座って脚を開けばいいのだが、このバスルームにはマットがない。床に直接座るのはなんだか嫌だし、かといって脚を開かなければ自慰はできない。

右足をバスタブの縁にのせた。

正面は大きな鏡である。あまりにも浅ましい自分の姿に顔が真っ赤に染まっていったが、かまわずウーマナイザーを股間に近づけていく。誰に見られるわけでもない、こんなの全然へっちゃらだと自分を励ました。はっきり言って、ＶＩＯの無駄毛を処理している姿のほうが、この百倍は無様である。

クリトリスを、吸われた。

気が遠くなりそうなほどの快楽が押し寄せてきて、鏡に映った格好なんてどうでもよくなった。

「あああああっ……」

左手でローションまみれの乳房を揉みしだくと、声が出てしまった。オナニーで声を出している自分が滑稽だったが、ウーマナイザーとローションが奏でるとびきりエッチなハーモニーに、羞じらいなど煙のように消えていった。誰も見ていないのに羞じらうほうが滑稽だと、もうひとりの自分が言っていた。

しばし夢中になった。

もしかしたらセックスより気持ちがいいかもしれない、と思った。セックスには愛の確認作業という側面もあるが、純粋な快楽だけなら、こちらのほうが上かもしれない。ひとりにもかかわらずあえぎ声がとまらないし、身をよじる動きも熱を帯びていく。

薄眼を開けて鏡を見た。紅潮した顔を淫らに歪めて、股間と乳房を刺激している女が映っていた。たまらなく恥ずかしかった。髪をアップにまとめているから、いつもより顔がよく見える。だがもはや、恥ずかしささえも刺激になる領域に、美砂子は足を踏みこんでいた。

（こういう顔を、宗一郎さんはベッドでいつも見てるのね……）

そう思うと、胸がドキドキした。眉根を寄せて唇を半開きにすると、よけいにいやらしい顔になった。もっといやらしい顔になって、夫を悩殺してやりたかった。バストのサイズではロリ顔の若妻に負けるけれど、顔なら負けない。顔面偏差値なら、絶対にこっちが上だ。

（ほら、もっとよく見て……こんなにいやらしい顔をしているのよ……いつもツンツンしている高慢ちきな女が、あなたの愛撫でこんなに……）

顎をあげて鼻の穴を見せると、さらにいやらしい顔になることがわかった。ついでに、半開きの唇から舌を出してみる。普段なら正視できないだろうが、いまの美砂子にはウーマナイザーがついている。セレブも使うラブグッズで敏感な肉芽を吸引しながらだと、こんな戯れ事も恥ずかしくない。

だが、なにかが物足りなかった。

新鮮な蜜をあふれさせている肉穴に、刺激が欲しかった。クリトリスも感じるけれど、どうもそれだけではイケないような気がしてきた。どちらかと言えば、美砂子は中で感じるタイプなのだ。

もはやシャワーで流すこともせず、ローションまみれの左手でヴァイブをつかんだ。挿入すると、獣じみた悲鳴をあげてしまった。体の芯に衝撃的な快感が走り抜けていき、腰の震えがとまらなくなった。

あえぎ声を狭いバスルームにわんわんと反響させて、美砂子はふたつのラブグッズを操った。ヴァイブは振動させていなかったが、充分に気持ちよかった。

ただ、立っているのがつらかった。

快楽に翻弄される感覚は激しい眩暈にも似て、美砂子の腰や膝を砕こうとした。それに、片足をバスタブの縁にのせているだけでは、脚を大きく開けない。もっと大胆に開きたい。正常位のときのような、M字開脚に……。

鏡を見た。顎の先端がキラキラ光っていた。ローションは胸から下にしかかけていないから、唾液である。半開きの唇から舌を出しているので、涎を垂らしてしまったらしい。

美砂子は風呂桶に入ったローションを床にぶちまけた。

ヌルヌルになった床にあお向けで横たわり、鏡に向かって両脚を開いた。

涎を垂らしてオナニーしている女に、欲望をためらう資格などないと思った。快楽が欲しくて自慰をしているなら、いまは快楽を最優先事項にすべきである。汚れた風呂場ならともかく、宗一郎がいつもピカピカにしてくれているし……。

「はっ、はぁうううううーっ！」

あお向けになると、立ったままよりヴァイブを動かしやすくなった。ピストン運動をしながら、ウーマナイザーでクリトリスを吸引すると、喉を突きだしてのけぞってしまった。背中のヌルヌルも気持ちよかった。海草成分らしいが、どうしてこんなにもいやらしい感触がするのだろう？

イッてしまいそうだった。

思いきりイコうと決めた瞬間、全身が炎に包まれたように熱くなった。セックスしているときは、男に「イカされている」という感覚がどうしてもある。淫乱だとは思われたくないから、どこかで遠慮もしている。いままで思いきりイッたという経験はないが、オナニーなら大丈夫だ。

しかし……。

「はぁああああっ……はぁああああっ……はぁあああああーっ！」

快楽が佳境に差しかかり、あと五秒ぐらいでイキそうだと身構えたとき、背後で気配がした。美砂子の後ろは出入り口である。折りたたみ式のドアが開き、鏡に映った宗一郎の姿が見えた。

時間がとまった。

ドアの正面は鏡であり、美砂子はそれに向かって両脚を開いていた。大胆なM字開脚になって、ヴァイブを肉穴に埋め、ウーマナイザーでクリトリスを吸引していたのである。

宗一郎からは全部見えているはずだった。ラブグッズで刺激している場所だけではなく、お尻の穴まで……。

美砂子はショックのあまり、悲鳴をあげることはおろか、脚を閉じることさえできなかった。

5

美砂子は放心状態のまま動けなかった。

時計で計れば二、三秒のことだったかもしれないが、二、三時間にも感じられるほど長い間、あられもない格好のまま凍りついていた気がする。

頭の中は真っ白で、言い訳なんて考えられなかった。どんな言い訳も無効にするほどの最低最悪の醜態を、美砂子はさらしていた。

(どっ、どうしてこんなに早く帰ってくるのよ……残業だったんじゃないの？ まだせいぜい八時くらいでしょう？)

思っていても言葉には出せず、あわあわと口だけを動かしている美砂子を見下ろしながら、宗一郎はスーツを脱ぎはじめた。あっという間に全裸になって、バスルームに入ってきた。股間のものは雄々しく反り返っていた。

チャンスかもしれない——美砂子は心の中で拳を握りしめた。

こんなに早く帰ってきたということは、アルコールは入っていない。妻の醜態にショックを受けつつも、興奮している。このままセックスすれば――すべてをうやむやにして、仲直りできるのではないか。

「ね、ねえ……ハグしてくれない？」

美砂子はあお向けのまま両手をひろげた。

「わたし、ローションでヌルヌルだから、抱きしめたら気持ちいいわよ。一緒にヌルヌルしましょう」

笑顔を浮かべて言った。言葉も表情も、ここまであからさまに男に媚びたのは、生まれて初めてだった。

にもかかわらず、宗一郎は誘いに乗ってこなかった。美砂子の手からウーマナイザーとヴァイブを奪うと、開いたままの両脚の間にしゃがみこんだ。

（あああっ……）

美砂子は眼を閉じた。バスルームはこの家のどこよりも明るかった。半身浴をしながら読書をする習慣があるので、美砂子が自分で明るいワット数のものに電球を変えたのだ。

開いている両脚の間は、つぶさに見られていることだろう。花びらの色艶はおろか、その奥の奥まで……だが、脚を閉じたり、両手で隠すことはしなかった。もう、宗一郎の好きにしてよかった。好きにしていいから、もっと興奮して挑みかかってきてほしい。

（ああっ、見てっ……もっと見ていいから、抱きしめてっ……）

ぎゅっと眼を閉じ、眉根を寄せていく。絶頂寸前まで高まっていたせいか、恥ずかしいところに視線を感じるだけで、身をよじりそうになってしまう。

「はっ、はぁううううーっ！」

驚いて眼を見開いた。クリトリスを吸われたからだ。宗一郎がウーマナイザーを股間にあてていた。

「なっ、なにをするの？」

美砂子は焦った。

「わたしべつに、ラブグッズなんて好きじゃないのよ。辛島さんに貰ったからたまたま持ってただけで、エッチするなら普通のほうが……」

嘘ではなかった。夫に愛撫されるなら、ウーマナイザーより指がいいし、いつもは

NGのクンニだって、今日に限ってはしてもいい。

だが、ラブグッズで刺激されるのは恥ずかしかった。それで自慰をしていたことを咎められているというか、辱められている気がする。

「くっ、くうううううーっ！」

美砂子は喉を突きだしてのけぞった。クリトリスを吸引されながら、ヴァイブが入ってきたからだ。しかも、振動している。美砂子はスイッチを入れなかったのに、夫は振動させてから入れてきた。

「あっ、あなた、お願いっ……やめてっ……こんなのいやっ……普通にしてっ……普通に愛してええええっ……」

宗一郎は無言でヴァイブを動かしはじめた。美砂子の中はもうぐちゃぐちゃだった。やめてと叫んでいても両脚は開いたままだし、ヴァイブを抜き差しされると卑猥な肉ずれ音がたつ。宗一郎はわざと音をたてている。

「やっ、やめて……ください……」

美砂子はすがるように宗一郎を見た。夫は視線を合わせてくれなかった。見たこともないような冷たい眼をしていた。瞳の色から軽蔑(けいべつ)だけが伝わってくる……。

（なっ、なによ……）

美砂子は逆ギレした。

夫の残業中にこっそりオナニーしている女は、軽蔑されてもしかたがないのか。本当にそうなのか。性欲は人間の三大欲求のひとつである。浮気をするならともかく、自分で自分を慰めるのがそんなに悪いことなのか？

ヴァイブとウーマナイザーの刺激に翻弄され、美砂子はハアハアと息をはずませていた。そのうち、声まであげてしまった。また夫に軽蔑されると思ったが、もうどうだってよかった。

軽蔑したければすればいい。これが嘘偽り（うそいつわ）りない自分なのだ。宗一郎が高嶺の花と崇（あが）めていた女も、ひと皮剝けば性欲のかたまりで、発情したらこの有様（ありさま）……。

「はっ、はぁあうううーっ」

自分で自分の乳首をいじった。両手の人差し指を高速ワイパーのように動かして、ツンツンに尖った乳首を刺激した。

宗一郎はさすがに啞然とした顔になった。関係なかった。これでもう完全に吹っ切れた。

「ねっ、ねえ、もっとヴァイブを奥まで入れてっ……オッ、オマンコッ……オマンコの奥の奥までぐちゃぐちゃにしてっ……」

美砂子は乳首をいじり、腰をくねらせながら、先ほど練習したよがり顔を見せつけた。もう昨日までの自分には戻れない、と思った。夫に三行半を突きつけられるかもしれないが、そんなことさえどうでもよくなるほど、ヴァイブとウーマナイザーの刺激が気持ちよすぎる。

「わっ、わたし本当はこんな女だったの……嫌いになったでしょう？　嫌いになってもいいから、オッ、オマンコッ……オマンコもっと気持ちよくして……もうイキそうなのっ……イッちゃいそうなのっ……」

眉根を寄せて絶頂をねだった瞬間、愛撫は中断された。卑猥な四文字を口にしても、夫は辛島のようにイカせてくれなかった。むしろますます表情を険しくし、鬼の形相で美砂子の右手をつかんだ。

開いたままの両脚の間に導かれた。

イキたかったら自分でイケ、ということらしい。

「なっ、なによ……そんなにわたしに恥をかかせたいの……かっ、かいてあげるわよ……わたしもう、がっ、我慢できないんだから……オマンコ気持ちよすぎて、イッちゃいそうなんだから………はっ、はぁあああああーっ！」

中指でクリトリスを転がすと、背中が弓なりに反り返った。両足を踏ん張るようにして、宙に浮いた腰をくねらせた。

ウーマナイザーも素晴らしい発明品だが、自分の指も悪くなかった。あまりの気持ちよさに、自然と腰が動いてしまう。ねちねち、ねちねち、と指の動きもいやらしく、自分で自分を慰める。

涙があふれてきた。半分は喜悦の涙だが、半分は絶望の涙だった。女として終わったな、と思った。いくらなんでも、夫の前で自慰をするなんてあり得ない。若いころには、そんな未来の自分なんて想像もできなかった。

なのに、指の動きはとまらない。美砂子は泣きながらクリトリスをいじりまわし、穴に指まで入れはじめていた。

「あああっ、いいっ！　オマンコ気持ちいいいいいーっ！」

ようやくイケる、と熱く濡れた肉ひだを指で掻きまわした瞬間、宗一郎に右手をつかまれた。絶頂寸前だった自慰は中断を余儀なくされたが、自分の指の代わりにもっと長くて太いものが入ってきた。

宗一郎のペニスだった。

「はっ、はぁああああああーっ！」

恥ずかしいほど濡れていた美砂子の肉穴は、やすやすとそれを受け入れた。ヌルンッ、という感じで、一瞬にして根元まで埋めこまれた。

挿入しただけで美砂子は叫び声をあげ、釣りあげられたばかりの魚のようにビクビクと跳ねた。宗一郎が上体を被せてきて、抱きしめられた。美砂子の体は、ローションにまみれていた。

抱きしめられる感覚がいつもとはまるで違った。動けば動くほどヌルヌルして気持ちがいいので、動くのをやめられなくなる。下から腰を使ってしまう。

宗一郎がピストン運動を始めた。いきなりのフルピッチで、怒濤の連打を送りこんできた。

美砂子はイッた。

たぶん十秒とかからなかった。

自分でも驚くほど大きな声をあげ、宗一郎にしがみついて恥ずかしいくらい体中を痙攣させた。

それでも宗一郎はピストン運動を中断してくれなかった。イッたあと、女は少しでいいから休みたいものだし、夫がそれを知らないはずがないのに、相変わらずのフルピッチで突きあげてくる。

（もっ、もうイッてるってばっ！）

美砂子は胸底で泣き叫んだ。イッた直後は性器が敏感になりすぎていて、動かれるとつらいのだ。やさしくならともかく、怒濤の連打はつらすぎる。

だが、少し休ませてとは言えなかった。宗一郎から、いつになく激しい興奮が伝わってきたからだ。

ならば好きなだけ突けばいい。たとえこの体が壊れてしまっても、夫が満足してくれるならかまわない。できれば会心の射精を遂げることで、自分のさらした醜態のことはいっさい忘れてもらいたいが、そこまで高望みはしない。

夫が満足してくれるなら……。

だが、十回ほど突かれただけで、刺激を我慢していたはずの美砂子のほうが、夢中になっていた。いつもなら立てつづけにイッたりしないのに、第二波が訪れるのが早すぎる。まさかこれも、欲求不満だったせいなのか……。

「ねっ、ねえっ……」

涙眼を見開いて、宗一郎を見た。

「まっ、またイキそうっ……すぐイッちゃいそうっ……」

宗一郎が見つめ返してきた。十日ぶりに眼が合った。夫は怖いくらいに険しい表情で、美砂子はすがるような眼つきで涙を流していた。

「いっ、いやらしい女だって思わないでっ……あなたに抱かれて嬉しいからイクのっ……愛してるからイッちゃうのっ……あぁっ、イクッ……イクイクイクッ……はっ、はぁあああああーっ！」

夫の腕の中で、美砂子は思いきり身を反らせた。続けざまに訪れた絶頂は、いままで嚙みしめたどんなそれより峻烈で、体中の肉という肉が歓喜の痙攣を起こした。

しかし、それはまだ序の口だった。

宗一郎が射精に達するまで、美砂子は十回以上も絶頂に達し、最後のほうはイキッぱなしで頭がどうにかなりそうになった。

第五章　人妻の不覚

1

床に正座してがっくりとうなだれている美砂子を横眼で見ながら、宗一郎は冷蔵庫から缶ビールを取りだした。会心の射精を遂げたあと、渇いた喉に流しこむビールは、いつだって格別の味がする。

ソファがすぐ側にあるのに美砂子があえて床に正座したのは、わたし落ちこんでます、というアピールだろう。着ているのは、宗一郎がプレゼントしたジェラートピケのルームウエア。白くてふわふわした甘ったるいデザインが、今日ばかりはなんだか哀れを誘った。

見たこともないほど、美砂子は狼狽している。

夫にオナニーを見つかれば誰だってそうなるに決まっているが……。

リビングのテーブルには豪華なご馳走が並んでいた。すべて出来合の総菜なのが美砂子らしいが、たぶん自分と仲直りしたくて用意したのだろう。にもかかわらず、宗一郎が残業になったので、オナニーでもせずにはいられなかったに違いない。

（素直じゃないのか……健気なのか……）

うつむいたまま顔をあげず、すくめた肩を震わせている美砂子のしょんぼりアピールは真に迫っていた。

しかし、大変申し訳ないけれど、これからもっと落ちこむことになる。

宗一郎は怒っていた。激怒していると言ってもいい。

二度目の夫婦交換のあと、妻が突然ヒステリックになったのが不思議でしょうがなかったのだが、今日その謎がとけた。

彼女の態度がおかしかったのは、宗一郎が菜由香とカーセックスをしているところをのぞいたからなのだ。

美砂子に残業を伝えた直後、菜由香からＬＩＮＥが入った。

——わたし、もう頭にきちゃって。

——うちの夫とあなたの奥さん、わたしたちがエッチしているところをのぞいたらしいんですよ。

——夫が口をすべらせて発覚したんですけど、そんなのルール違反じゃないですか。

——あんまり頭にきたんで、わたしいま家出中です。

——昨日から帰ってないんですけど、まだ怒りがおさまらないんで、あなたにも怒りのお裾分けをしようと思って連絡しました。

宗一郎は残業どころではなくなり、家に飛んで帰ってきた。今度一杯奢るからと、仕事は全部部下に押しつけた。

のぞき魔の妻はオナニーをしていた。

声が聞こえてきたので、なにをしているのかはすぐにわかった。普段なら気づかないふりをしたと思うが、激怒していたのでドアを開けてやった。

唖然とした。

美砂子はローションまみれのテカテカの体で両脚を開き、ヴァイブとウーマナイザーの二刀流でよがりによがっていた。

宗一郎は勃起した。一秒で痛いくらいに硬くなった。

激怒していたのでラブグッズでイカせて辱めてやろうとか、自慰でイカせて赤っ恥をかかせてやろうと思ったが、結局は我慢できずに抱いてしまった。

妻を貫きながら、自分はこの女が大好きなんだな、と思った。美砂子が醜態をさらせばさらすほど、愛おしくなっていった。自分でもびっくりするほど連打を続けたせいか、妻は十回以上も絶頂に達した。そんなことはいままでなかったし、痙攣している妻の中に射精した満足感は、間違いなくいままででいちばんだった。

夫婦の絆が強まった気がした。

とはいえ、ルール違反をしてのぞいたことは別問題だ。

会社を出てからずっと、道を歩いていても、電車に乗っていても、顔が熱くてしかたがなかった。駅のトイレで鏡を見ると、熱でもあるように真っ赤になっていた。熱があったわけではない。恥ずかしかっただけである。

菜由香を抱いたとき、宗一郎はドン引きするくらいだらしない顔をしていたはずだ。巨乳の若妻に興奮している、ドスケベな中年男そのものだったに違いない。

菜由香とは一期一会、旅の恥は掻き捨てだから、たまにはそんな感じで女を抱いてみたかったのである。

だが、あれを妻に見られたと思うと、恥ずかしくて恥ずかしくてしようがなかった。高嶺の花の尻に敷かれていても、宗一郎にだって男としてのプライドがある。妻を抱くときは、いつだって毅然としている。

容姿に惹かれて結婚したからこそ、裸を見たくらいでタコ踊りして喜ぶような真似は絶対にできなかった。容姿に惹かれて結婚するような男を、女がどんなふうに思うかくらい想像がつく。美砂子だって薄々勘づいているだろうが、それを認めるのと認めないのとでは大違いだ。

「……軽蔑、したよね？」

美砂子は長い黒髪で顔を隠したまま、消え入りそうな声で言った。

「オナニーしていたからかい？」

宗一郎が言うと、美砂子は前髪越しに悲しげな上眼遣いを向けてきた。

「ラブグッズをこっそり隠しもってたから？　それを大胆にもふたつも使っていたから？　おまけにローションまみれで、ソープ嬢みたいになってたから？」

美砂子の顔がいまにも泣きだしそうになっていく。

「軽蔑なんてしてない。むしろ興奮した。僕は本当にキミのことを愛してるんだって、確認できたくらいだ」

「あなた……」

美砂子が嬉しそうに眼尻を垂らす。

「でも！」

宗一郎は声のトーンをあげた。

「軽蔑していることは別にある」

「……なんですか？」

美砂子の顔が不安に曇った。

宗一郎はスマホを渡した。菜由香とのＬＩＮＥでのやりとりを見せるためだ。

美砂子はみるみる顔色を青ざめさせ、

「ごめんなさい！」

と頭をさげた。土下座である。美砂子ほどの高嶺の花を土下座させるなんて、王様にでもなった気分だったが、もちろんそれくらいで怒りはおさまらない。

「僕はいま、猛烈に腹をたてている。こんなに憤慨しているのは人生で初めてってくらいにね。こないだの夫婦交換のあと、キミがいきなりヒステリックになったのは、僕がセックスしているところを見たからだろう？　きっとキミが怒りたくなるような顔でしてたんだろうね。そうかもしれないが、のぞくのは反則だ。女子トイレをのぞく痴漢野郎みたいなものだ」

「違うっ！」

美砂子は驚いた顔で首を振った。

「わたしは痴漢なんかじゃない。あなたのことが好きだから……愛しているから、どんなふうにしてるのか見たくなっただけで……」

「であるならば、フェアじゃない」

「えっ……」

「愛するパートナーが他の誰かとセックスしているのが見てみたい。これはわかる。よーくわかる。でも、のぞいたのはキミだけで、僕はキミがセックスしているところを見たことがない」

「……見せろっていうの？」

「僕はいま、怒り狂っている。愛する妻に裏切られて、はらわたが煮えくり返っている。でも、僕はやっぱりキミが好きだ。さっきキミを抱きながら思い知らされた。業者が企画した婚活パーティ……言ってみれば見合いのようなもので知りあった僕たちだけど、運命の赤い糸で結ばれていたのかもしれないって思ったくらいだ」

「……エッチしてるところを見せれば許してくれるの？」

「できるのかい？」

美砂子の眼が泳いだ。

「……無理」

「どうして？　キミだけ見たのはフェアじゃないだろ」

「見たら絶対に嫌われる」

「オナニーしているところを見たけど、興奮したよ」

「セックスとオナニーは違います」

「じゃあ、キミはどうだった？　僕が巨乳の若妻を抱いているところを見て、僕のことを嫌いになったかい？　ショックで一時的にヒステリックになったかもしれないけど、本当は仲直りしたくてしかたがなかったんだろう？　でもキミは、自分から謝れる人じゃないから……そこのテーブルに並んだご馳走、謝る代わりに用意したんじゃないのかい？」

美砂子はうつむいて唇を嚙みしめた。

「じゃあ……見てもいいですけど、一筆書いてください。絶対嫌いにならないって」

「何筆だって書こうじゃないか」

宗一郎は胸を張った。

「でも、どうやってのぞくわけ？　ホテルじゃ絶対のぞけないでしょう？　この前みたいにクルマでするの？」

「いや……ここは夫婦の正念場だ。のぞきなんかじゃショボすぎる。相手夫婦と四人で乱交、スワッピングパーティをしようじゃないか」

宗一郎は自分の言葉に戦慄した。スワッピングパーティをしてみたいという欲望は以前からあった。もちろん、美砂子が寝取られている現場をこの眼で見たいからだが、そうなるとこちらのセックスも見られてしまう。見られるのはどうしても嫌だから言いだせなかったけれど、すでに一度見られたとなれば、恥ずかしさより欲望のほうが先に立つ。

美砂子は眼を見開いて、返す言葉を失っていた。

「言ってる意味、わかるよね？　キミが他の男に抱かれているベッドの隣で、僕もどこかの奥さんを抱くんだ」

「絶対にいや」

美砂子は可哀相（かわいそう）なくらい顔をひきつらせて首を横に振った。

「そこまでやったら……なんかもう、普通には戻れない気がする。完全に変態夫婦じゃないの」

宗一郎は不敵な笑みを浮かべた。

「まあ、結論は急がなくてもいい。じっくり考えてみればいいよ。腹も減ったし、とりあえず飯にしないか。せっかくご馳走を用意してくれたんだしさ……」

無理に合意を迫らなくても、美砂子が出す結論はわかりきっていた。なるほど、スワッピングパーティは一線を越えた変態プレイかもしれない。美砂子は自分のセックスも見せたくないが、宗一郎のセックスだって二度と見たくないに違いない。

だが、先にルールを破ったのは彼女なのだ。

その罪悪感に、美砂子は耐えられない。バレていないならともかく、バレてしまった以上、絶対に借りを返そうとする。プライドの高い彼女は、夫に負い目がある状態で結婚生活なんて続けていられない。

「どうしたんだい？　早くこっちに来いよ」

美砂子が動かないので声をかけた。妻はうつむき、肩を震わせて、立ちあがろうとした。産まれたての子鹿のような動きをして、次の瞬間、バタンと倒れた。

慣れない正座を長く続けたせいで、脚が痺れてしまったらしい。

脚をさすりながらのたうちまわっている妻を、宗一郎はニヤニヤしながら眺めていた。美砂子と結婚して本当によかったと思った。高嶺の花のこんな姿、結婚しなければ絶対に拝むことができなかっただろう。

2

初夏が終わって梅雨になり、梅雨が明けて夏になった。

三回目の夫婦交換は、まだ行なわれていなかった。

スワッピングパーティをするとなれば、相手選びを慎重に行なわないわけにはいかないから、準備に時間がかかってしまったのである。

宗一郎の選んだ夫婦に美砂子がＮＧを出し、美砂子が選んだ夫婦に宗一郎がピンとこないという、気まずい夫婦会議を夜な夜な続けたが、結局話しあいでは決着がつかず、十組ほどの候補の中からあみだくじで選ぶことになった。

「うっ、嘘でしょ……」

相手が決まった瞬間、美砂子は青ざめた。

「もっ、もう一回……もう一回やりましょう。わたし、ダメ……この人だけは、生理的に受けつけない！　絶対にエッチしたくない！」

「そんなこと言いだしたら、あみだをやった意味がないじゃないか」

宗一郎はとりあわなかった。はっきり言って、内心でほくそ笑んでいた。あみだが選んだ相手が、宗一郎の第一希望だったからである。

蜂須賀元晴、五十九歳。

そして、彼の再々婚相手だという、沙耶、三十七歳。

埼玉県の大宮で不動産会社を経営しているという元晴は、禿げていた。ツルッパゲだった。そのくせ眉だけは黒々として太く、鼻も大きくて、唇も分厚かった。年齢なりの貫禄があると言えばあるが、それ以上に好色そうだった。狒々爺という言葉がよく似合う、ドスケベムードが写真からもむんむんと漂ってきた。

美砂子が生理的に受けつけないという気持ちはよくわかる。おそらく、大半の女がそういう気持ちを抱くだろうし、宗一郎にしても彼に妻が抱かれているところを想像すると、おぞましさしか覚えない。

しかし、だからこそ彼がいいと思った。

女が生理的に受けつけないタイプでも、元晴は間違いなく女好きだ。三回も結婚し、現在の妻は二十二歳も年下。金の力で手懐けたのは容易に察しがつくが、それにしても還暦間近で二十二歳も年下の妻を娶り、あまつさえスワッピングパーティまでしようというのだから、性技に長けた精力絶倫に決まっている。

そんな男に美砂子が抱かれるところが見たかった。嫌で嫌でしようがない男に抱かれているのに、やがて感じてしまう妻を……。

夫婦交換を始めてからすっかり感度がよくなった美砂子は、嫌がっていても結局は乱れてしまうだろう。狒々爺に翻弄され、連続絶頂までするかもしれない。

想像するだけで興奮の身震いが起こった。

狒々爺に犯されてイキまくった妻は、スワッピングパーティが終わったあと、どんな顔を自分に向けるだろうか。

またヒステリーを起こすのか、それともしょんぼりか……。

心配しなくても、嫌いになったりはしない。

むしろ愛おしさが深まるに違いないから、その点に関しては安心してイキまくっていただきたい。

スワッピングパーティの会場は、北区赤羽にあるラブホテルになった。

お互いの家の中間地点ということで北区が選ばれ、赤羽のラブホテルには複数カップルが利用できるパーティルームがあると先方に伝えられた。

日曜日、正午からパーティは始まることになっていた。駅の改札で待ち合わせて、そのままラブホテルに向かう段取りである。

朝から暑い日だった。日中は猛暑日になると天気予報が言っているのに、美砂子はスーツを着込んで家を出た。生地は夏物なのだろうが、色は濃紺だし、スカートの丈もいつもより長いし、見ているほうが暑苦しくなるような装いだった。宗一郎など、Tシャツに綿パンである。礼儀として靴は履いていたが、できればサンダルにしたかったくらいだ。

（身持ちの堅い女を演出したつもりだろうけど……）

スワッピングパーティに参加するのに気取っていてもしかたがないだろうと、苦笑するしかなかった。肌が白く、贅肉もついていない美砂子は、夏場はこれ見よがしに露出度の高い服を着ることが多い。肩や腕はもちろん、デコルテが大胆に見えるワンピースをもっているし、三十五歳なのにミニスカートだって似合ってしまう。

そういうのを着ればいいのにと思ったが、口にはしなかった。狒々爺に犯されることに怯え、この暑いのにスーツを着込んでいる妻を見ているのも、それはそれで興奮したからである。

ＪＲ赤羽駅の改札で落ちあった蜂須賀夫婦のインパクトは、想像のはるか上を行っていた。

夫の元晴の禿げっぷりは見事なもので、頭頂部が尖り、浅黒く日焼けしているから、まるで亀頭のようだった。ニマニマした笑みを絶やさないのも、愛想がいいというよりドスケベムードに拍車がかかった感じだ。実物の美砂子を見て、笑いがとまらないようだった。

　妻の沙耶は、写真とはまるで印象が違った。顔のパーツが全体的に小づくりな和風美人ということはわかっていたが、実物のほうがずっと綺麗に見える。たたずまいになんとも言えない品があって、育ちのよさが伝わってくる。美砂子が真っ赤な薔薇ならば、清楚な白百合といったところか。

　涼やかな水色のワンピースがよく似合っていたし、なにより控えめそうなところがよかった。夫の三歩後ろを歩く、古きよき大和撫子という雰囲気である。

（この人を、抱くのか……）

　美砂子が狒々爺に犯されるところばかり想像していたので、宗一郎は自分のことをすっかり棚にあげていた。

　ラブホテルに向かう道すがら、沙耶の後ろを歩いて観察した。

　手脚が細長くて、スタイルがよかった。美砂子と同じモデル体形だが、沙耶のほうが華奢で背も低いから、保護欲を誘う。しかも、尻は美砂子より大きく、というより立体的な丸みを帯び、一歩進むたびに悩殺的に揺れはずんでいる。色が白いから、きっとお尻も真っ白だろう。

早くも鼻の下が伸びそうになったが、必死にこらえた。だらしない顔は厳禁だった。沙耶ならば相手にとって不足はないが、宗一郎の目的はそこではない。狒々爺に犯される美砂子である。スワッピングパーティが解散になったら、すかさず同じホテルの別の部屋に入り直し、精根尽き果てるまで妻を抱きまくりたい。

ラブホテルのパーティルームは呆れるほど広かった。

ゆうに二十畳はありそうな絨毯敷きの部屋に、十人は座れそうなコの字形のソファが設置されていた。まさかとは思うが、この部屋では常時十人くらいが乱交に励んでいるのだろうか。裸の女が五人と、裸の男が五人――自分の知らないところで、この国がそこまで乱れていたとは絶句するしかない。

(それにしても、ベッドがひとつしかないのか……あの広さならふた組同時にセックスできそうだけど……)

部屋の奥に鎮座しているベッドは、キングサイズよりもさらにひとまわりくらい大きかったが、他にベッドは見当たらなかった。

宗一郎としては、ベッドがふたつ並んだ部屋を想定していた。いくら大きくても、同じベッドでふた組がセックスするのは緊張する。ツインルームよりもっと間近に、妻が犯される姿を目撃できると言えば目撃できるが……。

まずは四人でソファに腰をおろした。いや、腰をおろしたのは三人だった。沙耶がお茶を淹れはじめたからである。美砂子もあわてて立ちあがったが、お茶を淹れるのにふたりもいらない。しばらく所在なさそうに沙耶の後ろをうろうろしていたが、諦めてソファに戻ってきた。

「今日はよろしくお願いします」

宗一郎は蜂須賀に頭をさげた。

「なにしろスワッピングは初めてなもので、勝手がわからないと思いますが、よろしくご指導してください」

「そんなにかしこまらなくてもいいじゃないですか」

蜂須賀は笑った。

「お互い、今日は欲望を解き放って楽しくやりましょう。ルールはひとつだけ。相手が嫌がることはやらない。といっても……」

四人分のお茶をテーブルに並べおえ、隣に座った沙耶の肩を叩く。

「うちのやつはNGなしですがね。スキンさえ着けてくれれば、アナルセックスもO

Kですよ」

沙耶が恥ずかしそうにうつむく。

「アッ、アナル……ですか……」

宗一郎は唖然とした。美砂子も棒を呑みこんだような顔をしている。いきなり度肝を抜かれてしまったが、なんとか気を取り直す。

「うっ、うちの妻は……そのう……そこまで開発されてないんですが……本性はドスケベといいますか、それを隠してるからむっつりスケベ……」

キッ、と美砂子がすごい顔で睨んできた。

「ハハハッ……」

蜂須賀が笑った。

「どの女だって本性はだいたいそんなもんでしょう。どんなにスケベな男でも、女には絶対に敵いませんからな」

「いやいや、まったくまったく」

美砂子の眼は吊りあがっていくばかりだったが、負けるわけにはいかなかった。

「スケベの証と言いますか、実は今日、妻の愛用品を持ってきたんで、よかったら使ってください」

バッグから電マを出してテーブルに置いた。さらに、ヴァイブ、ローター、布袋に入ったウーマナイザーと並べていく。

「ちょ、ちょっとっ！」

美砂子が血相を変えて腕をつかんできたが、宗一郎は無視した。ラブグッズは、妻には内緒で家から持ちだしてきた。

保険である。

蜂須賀はどう見ても精力絶倫そうだが、万が一ということもある。最初に夫婦交換したバーテンダーも、ああ見えてＥＤだったのだ。蜂須賀がどんな思惑でスワッピングをしようとしているのかわからないし、還暦間近ならバーテンダーと同じという可能性だってなくはない。

それに、美砂子は蜂須賀のことを嫌っている。となると、裸にされても心は固く閉ざしたままで、感じてしまうことを拒むだろう。それでは困るのである。乱れてもらわなければスワッピングをする意味がない。

蜂須賀の性技を疑うわけではないが、美砂子が頑なに反応しないように我慢しているなら、ラブグッズでブーストをかけてやればいい。美砂子はかつて、ラブグッズに眉をひそめるタイプの女だったのである。にもかかわらず、それを使ってオナニーしているということは、よほど気持ちがいいはずなのだ。

「ほう、ウーマナイザーですか」

蜂須賀が布袋から出してニヤニヤする。宗一郎もニヤニヤ笑いを返した。男同士の絆が芽生えた気がした。先手を打ってよかった。これで自分に一目置かないわけにはいかないだろう。

しかし、蜂須賀はそんな生易しい男ではなかった。

「それじゃあ、私からもひとつ、提案させてもらおうかな」

「と言いますと?」

「まだお昼だし、夜まで時間はたっぷりある。相手を交換して一回戦、元に戻って二回戦というのがスワッピングのセオリーでしょうが、時間が余りそうだ。一回戦を始める前に、零回戦をやってみたらどうですかね?」

蜂須賀が意味ありげに笑った。

(いくら時間があるからって……)

立てつづけに三回もするのかよ、と精力に自信のない宗一郎は思ったが、それより気になることがあった。

「ぜっ、零回戦とは……いったいどういう……」

「生け贄をひとり決めて、それを残りの三人で責めまくるんですよ。と言っても、男が男を責めるのはちょっとアレですから、実質的には二対一の3Pですな。女が生け贄になれば快楽地獄、男の場合はハーレムみたいな天国ってところですか」

「なっ、なるほど……」

宗一郎はごくりと生唾を呑みこんだ。まったく恐ろしいことを考えるものだ。自分が生け贄になった場合、美砂子と沙耶のダブルフェラ、あるいは騎乗位と顔面騎乗位を同時に味わえたりするのだろうか……スワッピングパーティでNGを出すのは愚の骨頂、よほどのことがない限り求められたことはなんでもするように、美砂子には何度も確認したが……。

そして女が生け贄の場合は、狒々爺とふたりで美砂子か沙耶をよがりまくらせることができる。それもまた、夢のような展開だった。できれば美砂子が生け贄になってほしい。狒々爺に嫌悪を示しながらも乱れていく妻を至近距離で拝めるし、愛撫にも参加できるなんて、胸が高鳴ってしようがない。

生け贄なのか責める側なのか、どちらに転んでも楽しめそうだが、問題は……。

「やっ、やりましょうよ」

美砂子が口を挟んできたので、宗一郎はびっくりした。

「どうせスワッピングするなら、そういうお遊びみたいなことをしたほうが盛りあがりそうだし……ねえあなた？」

顔をのぞきこまれ、宗一郎は息を呑んだ。美砂子の眼が、限界まで吊りあがっていたからだ。

妻の考えていることは、その顔を見た瞬間にわかった。いきなり狒々爺と一対一でセックスするのが、どうしても嫌なのだ。どんな組みあわせにしろ、3Pになったほうが、自分の負担は減るはずだと姑息に考えたに違いない。

3

生け贄をトランプで決めることになった。

山から引いたカードの数がいちばん少ない者が生け贄になる。つまり、キングが最強でエースが最弱。最下位で同数が出た場合は、その人たち同士でもう一度カードを引き直す。

「それじゃあ言い出しっぺの私から……」

蜂須賀が一枚引いてテーブルでカードを返した。スペードの9。

続いて宗一郎が引く。クラブのキング。これで生け贄はなくなった。喜んでいいのか、悲しんでいいのか……。

沙耶と美砂子が順番を譲りあい、結局沙耶が先に引いた。ダイヤの2。

美砂子が口許に笑みをこぼしたのを、宗一郎は見逃さなかった。沙耶の生け贄は、これでほぼ確定。蜂須賀と宗一郎に、ふたりがかりで責められる。となれば、美砂子は一回休みみたいなことになる。

ところが……。

美砂子が引いたカードはハートのエースだった。

「うっ、嘘でしょ……」

いまにも泣きだしそうな顔で、宗一郎の腕にしがみついてきた。沙耶が2を引いたときは笑っていたくせに、ぶるぶると震えだしている。

まったくクジ運が悪い女である。彼女に類い稀な美貌を与えた神様は、クジ運まで与えるのは不公平だと思ったのだろう。

「それじゃあ、ベッドに行きますか」

蜂須賀が眼を輝かせて立ちあがった。美砂子の手を取って立たせ、肩を抱いてベッドにエスコートしていく。

宗一郎も続いた。意外だったのは、沙耶もテーブルに並んだラブグッズを持ってついてきたことだ。ラブグッズを運んできただけではなく、ベッドにあがって腰をおろした。

「奥さん、ずいぶん汗が匂いますよ。こんなに着込んでるから……」

蜂須賀はベッドの上で立ったまま、美砂子を後ろから抱きかかえている。濃紺のスーツ越しに胸にふくらみをつかみ、日焼けした手でまさぐりはじめる。

「あっ、あなたっ……」

美砂子がすがるようにこちらを見る。助けを求められても、なにもできない。宗一郎の役割は、むしろ妻を辱めることなのだ。頭の中はいやらしいことでパンパンにふくらみ、美砂子がスーツの上から狒々爺に胸をまさぐられている姿を見ただけで、痛いくらいに勃起してしまった。

蜂須賀と美砂子が、ベッドに腰をおろした。美砂子が脚をバタバタさせている。ふたりがかりで責めるのだから、ここは自分が妻の脚を押さえるべきだろう。そうしようと近づいていくと、

「わたしがやりましょうか?」

沙耶がか細い声で言ってきたので、宗一郎はキョトンとした。

「奥さんを愛撫するより、それを見ているほうが興奮するんじゃありません? わたし、女の人を感じさせるの、慣れてますから」

にわかに言葉を返せなかった。

「……つまり、バイセクシャルとか?」

「もともとは違いますけど……」

沙耶は頬を赤らめてうつむいた。

「結婚してから、夫に何度もやらされて……複数プレイのときは、女が女を愛撫する場合もあるんだって……」

とらしい。

アナルセックスまでＯＫの彼女は、レズビアンプレイまで仕込まれているというこ

「なっ、なるほど……」

「じゃあ、僕はしばらく見物してようかな」

宗一郎がさがり、沙耶が妻の脚を押さえた。美砂子は驚いた顔をしている。ふたりがかりで責められても、ひとりが愛する夫なら、少しは気持ちが楽だったはずだ。しかし、夫はさがって高みの見物を決めこみ、同性に脚を押さえられたのだから、心細くてしかたがないはずだ。

とはいえ、宗一郎は興奮しきっていた。

乱交スタイルで沙耶を抱いていても、すぐ側で狒々爺に犯されている美砂子が気になってしようがなかったはずだから、じっくり拝めるのはありがたい。しかも、相手は狒々爺だけではなく、狒々爺に変態プレイを仕込まれている美しき人妻までいる。期待するなというほうが無理な相談だ。

それがいつものやり方なのか、狒々爺は美砂子の服を脱がさなかった。濃紺の上着と白いブラウスのボタンをはずし、ゴールドベージュのブラジャーを露わにすると、

カップをずりさげて乳首だけを露出させた。

一方の沙耶も、スカートを脱がさずに美砂子の両脚を開いていく。ナチュラルカラーのパンティストッキングに、ゴールドベージュのショーツが透けている。こんもり盛りあがった恥丘の下を、女の細指が這いまわりはじめる。

「ああっ、いやっ……いっ、いやようううっ……」

同性に性感帯をまさぐられ、美砂子はおぞましげに顔を歪めた。それでも抵抗は弱々しい。狒々爺が右の乳首をウーマナイザーで吸引し、左の乳首に振動しているローターをあてているからだ。

「あああああーっ！」

美砂子がのけぞる。美しい顔はすでにピンク色に染まりかけている。

（ウーマナイザーは乳首を吸ってもよかったのか……）

クリトリス専用だと思っていたので、宗一郎は膝を叩きたくなった。それにしても、狒々爺は使い方をよく知っているようだ。自宅にはきっと、大量のラブグッズがあるに違いない。

「くっ、くうううううーっ！」

美砂子が首に筋を浮かべた。沙耶が股間に電マをあてたからである。下着越しとはいえ、沙耶も女だ。同性が感じるポイントを熟知しているようで、美砂子の顔がみるみる紅潮していく。

歯を食いしばって必死に声をこらえていたが、それも束の間のことだった。一分くらいすると激しく身をよじりはじめ、ビクンッ、ビクンッ、と腰を跳ねあげた。

（おいおい……）

宗一郎は眼を見開いた。この妻のリアクションは……。

「いまイッたね？」

狒々爺が咎めるようにささやく。

「ダメじゃないか、イクときはイクって言わないと……」

「わたしイッてないっ……イッてませんっ！」

涙眼で叫ぶ美砂子の顔は、恥にまみれていた。嘘をついていることは、火を見るよりもあきらかだった。

「遠慮することないじゃないですか、奥さん。楽しいパーティをしてるんですよ。恥ずかしがってても、いいことなんてありませんよ」

狒々爺は指で直接、乳首をいじりはじめた。いじりはじめる前に、唾液をたっぷりとまとわせることを忘れなかった。唾液を潤滑油にして尖りきった乳首を転がされた美砂子は、それでも必死に声をこらえた。プライドの高さを発揮しているようだったが、それも風前の灯火だ。

ビリビリッとサディスティックな音をたてて、沙耶がストッキングを破いた。ショーツのフロント部分を片側に寄せると、剝きだしになった女の花を、ためらうことなく舐めはじめた。

「いっ、いやああああああーっ！」

美砂子は絶叫したが、感じていることは隠しきれない。着衣で一度イッているので、同性に陰部を舐められるおぞましさも軽減されているのかもしれない。

いやいやと叫びながらも、腰が動いていた。ストッキングに包まれた爪先が、ぎゅっと内側に丸めこまれている。

（かっ、感じてるんだ……あの美砂子が……ド変態夫婦の生け贄になって、快楽地獄でのたうちまわっている……）

宗一郎は全身の血が沸騰しそうなほど興奮していた。座っているつもりでも、いつの間にか腰が浮いている。ズボンとブリーフに押さえこまれている股間が、苦しくてしようがない。

「ダッ、ダメッ！　それはダメえぇぇぇぇーっ！」

沙耶が美砂子の肉穴に指を入れていた。一定のピッチで抜き差ししながら、クリトリスを舐めている。

「あああーっ！　はぁあああぁーっ！」

美砂子はもう、声をこらえきれなかった。よがり方が尋常ではなかった。眼を閉じて、眉根を寄せた顔がいやらしすぎる。

沙耶がクリトリスから口を離した。代わりに電マをそこに押しつける。

美砂子は半狂乱でジタバタと暴れはじめた。少し可哀相になるくらいだったが、彼女は感じている。その証拠に、指が抜き差しされる肉ずれ音が、どんどん汁気を増していっている。

「イッ、イクッ……まっ、またイッちゃうっ……イクイクイクイクッ……はっ、はぁおおおおおーっ！」

ビクンッ、ビクンッ、と腰を跳ねさせて、妻は二度目のオルガスムスに達した。それでも沙耶は、指の抜き差しをやめなかった。むしろさらにスピードアップした。じゅぼじゅぼっ、じゅぼじゅぼっ、と音が変わった。沙耶はおそらく、肉穴の中で指を鉤状に折り曲げている。

「はぁおおおおおおおーっ！　はぁおおおおおおーっ！」

宗一郎は、妻が潮を吹くところを初めて見た。

4

狒々爺と沙耶によって、美砂子は服を脱がされた。

スーツ、ブラウス、上下の下着とストッキング……生まれたままの姿にされても、妻は羞じらうことさえできなかった。狒々爺も沙耶も宗一郎も全員服を着ていて、美砂子だけが全裸である。妻にとってはこれ以上なく屈辱的な状況なのに、両手で顔を覆うのが精いっぱいだ。

「ハハッ、ずいぶんと舐め甲斐がありそうな体だな……」

狒々爺がまぶしげに眼を細める。美砂子の裸身は汗でテラテラと濡れ光っていた。

スーツを着たまま二度もイカされ、潮まで吹かされたのだから、発情の汗をたっぷりかいていてもおかしくなかった。

ベッドに腹這いになった狒々爺が、横側から乳房にむしゃぶりついた。わしわしと揉みながら、隆起全体に舌を這わせていく。汗を拭っていくように……。

沙耶もまた、美砂子の体を舐めはじめた。こちらも横側から片脚を抱えるように持ち、太腿から膝にかけて舐めている。

「そろそろご主人も参加しませんか」

狒々爺が声をかけてきた。

「奥さんの汗、どんな高級ワインも敵わないくらい美味ですぞ」

「はあ……」

宗一郎は頭をかきながら三人に近づいていった。息苦しいほど興奮していた。妻が赤っ恥をかかされるところを見てこんなにも興奮しているなんて、人間失格なのではないかと怖くなってくる。

(でも、彼女だって感じてるんだ……潮まで吹いて……)

潮のシミがついたシーツを横眼で見ながら、沙耶とは反対側の脚を持った。美砂子は両手で顔を覆っているので、股間を隠すことはできない。優美な小判形の陰毛も露わなら、アーモンドピンクの花びらがだらしなく口を開き、薄桃色の粘膜まで見せている。つやつやと濡れ光って、蜜をたっぷりとしたたらせている。

いい眺めだったが、別のところから舐めることにした。オーラルセックスが苦手な美砂子は、普段の夫婦生活で舌を這わせる部分を限定している。宗一郎が舐めていいのは、乳首とそのまわりだけだ。

体液の味や匂いを知られることを極端に嫌がっているからだが、宗一郎にはかねてから舐めてみたい場所がふたつあった。腋窩と足である。

陣取っているポジション的に腋窩は遠かったので、足指を口に含んだ。美砂子は少しだけビクッとしたが、両手で顔を覆ったままだ。

（ははーん……）

どうやら、マグロを決めこむことにしたらしい。プライドが高い彼女だから、いきなり二度もイカされたことにショックを受けているのだ。

しかし、三人がかりで全身を舐めまわされ、いつまでマグロを決めこんでいられるだろうか？

宗一郎はとりあえず、足を舐めることに集中した。指を一本一本口に含んでしゃぶりあげ、指の股も舌先でくすぐってやる。

（んっ？　これは……）

甘ったるい発情の汗とは、別の匂いがした。猛暑日に靴の中で蒸れていた匂いであろう。

たまらなく興奮した。普段の美砂子なら、足なんて絶対に舐めさせてくれない。一度、会社の宴会のとき部下の男にハイヒールの匂いを嗅がれて怒り狂い、本社の役員にかけあって馘（くび）にしたことがあるらしい。

だが、宗一郎にはその男の気持ちがよくわかった。美しい女の靴の匂いは嗅ぎたくなるものだ。相手が激怒するようなところであればあるほど、なお嗅ぎたい。それが、靴どころか直接足指を舐められるのだから、スワッピングパーティというのは素晴らしすぎる。

それにしても……。

沙耶の動きが気になった。美砂子の内腿を舐めたりくすぐったりしているのだが、時折、女の花をすうっと指で撫でる。かと言って、本格的には刺激しない。彼女が股間をいじってやれば、あるいは電マを押しあてれば、妻だってマグロを決めこんでいることはできないはずだが……。

なのに少ししか触らないのは、いったいどういうわけなのか？

五分ほど経って、彼女の思惑が理解できた。狒々爺に指示されたか、あるいは阿吽の呼吸なのかはわからないが、沙耶は美砂子を焦らしているのだ。

その証拠に、美砂子が身をよじりはじめると、性器付近に手指を伸ばす回数が増えた。と言っても、もう直接刺激しなかった。まわりをなぞったりくすぐったり、陰毛をつまんだりしている。

「くうぅっ！」

美砂子が声をあげたのは、狒々爺が腋窩を舐めはじめたからだった。そうしつつ、乳首も指で転がしている。

「ううぅっ……くぅうううっ……」

美砂子がのけぞった。恥ずかしい腋窩を舐められたことで、裸身がにわかに生気を取り戻した感じだった。生気というか、淫らな欲望を隠しきれなくなった。

「そろそろ顔を見せてくださいよ、奥さん？」

狒々爺が妻に声をかけた。

「せっかくお綺麗な顔をしているのに、いつまでも隠されてちゃあ、パーティが盛りあがらない」

「ううう……」

美砂子はうめきながら、ゆっくりと両手をおろしていった。その顔は生々しいピンク色に染まりきり、汗で濡れ光っていた。瞳を潤ませ、眉根を寄せた表情が、欲情をありありと伝えてくる。

「すっかり牝の顔になってるじゃないですか、奥さん」

狒々爺が卑猥な笑みを浮かべる。

「三人がかりで全身を舐めまわされて、たまらないんでしょう？　わかりますよ。舐めるだけじゃなくて、他のこともしてほしいんじゃないかな？」

美砂子は唇を噛みしめながら首を横に振ったが、沙耶に蟻の門渡りをくすぐられると、腰をビクッと跳ねさせた。

沙耶が電マのスイッチを入れる。美砂子は身構えたが、沙耶が電マをあてたのは内腿だった。美砂子はおそらく、股間を刺激されると思っていたのだろう。眼を剝いてハアハアと息をはずませ、沙耶の動向を注視している。

沙耶に目配（めくば）せされ、宗一郎は美砂子の足を舐めるのをやめた。ふたりで美砂子の両脚をM字に開いていく。

（たっ、たまらないじゃないかよ……）

宗一郎はごくりと生唾を呑みこんだ。女の花だけではなく、アヌスまで見えていた。セピア色に染まった、妻の恥部中の恥部が……。

電マは美砂子の下半身を隈無（くまな）く這いまわっていた。だが沙耶は、肝心の部分だけは絶対に刺激しない。いまにも刺激しそうなムードがあり、美砂子は固唾（かたず）を呑んでいるのに、ことごとくスルーする。

「ううう っ……くぅううう っ……」

美砂子が身をよじっているのは、刺激に対する反応ではなかった。狒々爺は乳首をいじりつづけているし、電マは下半身を這いまわっていても、股間を刺激されないから、もどかしくてしようがないのだ。

「はぁううう ーっ！」

ようやく股間に電マをあてられ、美砂子は歓喜の悲鳴をあげた。しかし、それもほんの一瞬のことだった。沙耶はすぐに股間から電マを離した。美砂子は泣きそうな顔をしている。口ではいやいやと言っていても、淫らな刺激が欲しくてしかたがないらしい。

（ゆっ、指を入れてあげようかな……いまなら僕でも、潮を吹かせることができたりして……）

そんなことを考えている宗一郎をよそに、

「おい」

狒々爺に声をかけられ、沙耶がビクッとした。

「おまえはいつまで服を着ているつもりなんだ。ちょっとは彼にサービスしたらどうなんだ」

「ごっ、ごめんなさい……」

沙耶は電マのスイッチを切ると、水色のワンピースを脱ぎはじめた。三十七歳の裸身を飾っていたのは、白いシルクのブラジャーとショーツだった。

（うわあっ……）

宗一郎は一瞬、まばたきも呼吸も忘れて見とれてしまった。沙耶は特別なスタイルをしているわけではなかった。基本的にはすらりとしたモデル体形で、乳房や尻が美砂子よりやや大きいくらいなものだ。

しかし、美砂子よりずっと色っぽい。ボディラインに艶があるというか、内面からエロスが滲（にじ）んでいるというか……。

沙耶は恥ずかしげに顔を伏せながら、ブラジャーとショーツも取った。あずき色の乳首がいやらしかった。だがそれ以上に、下半身に茂った草むらが眼を惹いた。やけに黒々としていた。あまりに野性的で、和風美人な顔立ちと強烈なハレーションを起こす。

「すごい興奮してるんですね？」

沙耶は宗一郎のほうに這ってくると、股間をまさぐってきた。思ってもみなかった展開に、宗一郎の息はとまったままだ。

「失礼します」

ベルトをはずされた。沙耶にうながされて膝立ちになると、ズボンとブリーフをめくりおろされた。

勃起しきった男根が唸りをあげて反り返り、宗一郎の顔は火がついたように熱くなった。その場にいる全員が、こちらを見ていた。

「いいんですか、奥さん?」

狒々爺が美砂子の後ろにまわり、双乳を揉みしだきながらささやきかける。

「このままだとご主人のもの、うちのに食べられちゃいますよ」

美砂子は蚊の鳴くような声で「いやっ……」と言ったが、顔をひきつらせるばかりでなにもできない。

「立派なオチンチン……」

四つん這いになった沙耶が、男根に指をからませてくる。うっとりと眼を細めながら、すりすりとしごきたてる。

宗一郎は声をもらして腰を反らせた。強すぎず弱すぎない絶妙なしごき方で、鈴口から熱い我慢汁が噴きこぼれた。

「いいんですか、奥さん?」

狒々爺がまた、美砂子にささやく。

「本当は奥さんが欲しいんじゃないですか? ご主人に抱かれて、イキまくりたいんじゃないですか?」

美砂子は答えられない。耳にキスをされても、双乳をねちっこく揉まれても、半開きの唇をぶるぶる震わせるばかりである。

彼女はまだ、プライドを捨てきれていなかった。二度もイカされたうえ、人前でセックスすることを、心が拒否しているのだろう。ふた組同時ならともかく、自分だけ見せ物のようになりたくないと……。

だが、体は刺激を求めている。物欲しげな眼つきで宗一郎のペニスを見つめながら、太腿をしきりにこすりあわせている。

「……っんあっ！」

沙耶が亀頭を頬張った。三十七歳の人妻の口内は驚くほど大量の唾液にまみれ、しゃぶりはじめると、じゅるっ、じゅるるっ、と破廉恥な音がたった。品のある顔をしているくせに、やることはどこまでも大胆だ。

「おいおい、ずいぶん遠慮がちにやるじゃないか……」

狒々爺が沙耶に言った。

「もっと情熱的にしゃぶってあげなさいよ。できるだろ、おまえなら……」

美砂子から体を離して立ちあがり、四つん這いになっている沙耶の後ろに陣取った。

電マを握りしめるとスイッチを入れ、後ろから沙耶の股間を刺激しはじめる。

「ぅんぐっ……ぅんぐぅううーっ！」

沙耶が鼻奥で悶え声をあげる。男根を咥えているから、口から声はあげられない。うぐうぐ言いながらもしゃぶるのをやめないのは立派だが……。

「もっと情熱的にしゃぶれと言ってるんだぞ」

狒々爺はいったん電マをベッドに置くと、右手の中指になにかを被せた。スキンだった。

「ぅんぐぅううーっ！」

沙耶が眼を見開いた。宗一郎からはよく見えなかったが、スキンを装着した中指をアヌスに入れたようだった。その状態で、再び電マを股間にあてがう。

「ぅんぐぅっ……ぅんぐぅううっ……」

沙耶は鼻奥で悶え泣きながら、必死になって男根をしゃぶっている。だが、アヌスに指を入れられてから、あきらかに雰囲気が変わった。腰をくねらせ、尻を振っている。時折向けてくる上眼遣いの瞳は欲情の涙で潤みきり、いやらしいほど小鼻が赤くなっていく。

（すっ、すげえな……）

鬼気迫る沙耶の姿に、宗一郎は圧倒された。清楚な水色のワンピースを着ていたときとは、まるで別人だった。

いや、人ではなく牝だった。

発情しきった牝の顔で、沙耶は宗一郎の男根をしゃぶりまわしてきた。

5

（いっ、いったいなんなの……）

美砂子は放置されていた。

この部屋にいるふたりの男たちは、自分ではない女を夢中になって責めていた。愛する夫も蜂須賀も、美砂子のことは一瞥（いちべつ）もしない。

親指の爪を噛んだ。そんな少女じみた癖はなかったはずなのに、爪でも噛まなければやっていられなかった。

ずいぶんと恥をかかされた。

蜂須賀の性技もなかなかのものだったが、驚いたのは沙耶のほうだった。下着越しに指でいじられただけで、電流じみた快感が体の芯を走り抜けていった。電マの使い方もうますぎた。振動するヘッドをあてる角度、それに緩急のつけかたが絶妙で、あっという間にイカされてしまった。

恥ずかしくて死にそうになった。

夫の前だったし、美砂子はまだショーツやストッキングを脱がされていなかった。そんな状態でイカされるなんて想像することもできず、ショックのあまり頭の中が真っ白になってしまった。

とはいえ、そんなものはまだ序の口だった。

沙耶に直接性器をいじられると、快楽の暴風雨に巻きこまれた。

（こっ、この人は、いったいっ……）

美砂子は同性に性器をいじらせたことなどなかった。同性愛に興味をもったことなんて一度もないから、おぞましいばかりだった。

にもかかわらず、彼女の指の動きに体が反応してしまう。一度イカされて敏感になっているから、という説明ではとても納得できないくらい、沙耶の与えてくれる快楽は深く濃かった。

　やはり、同じ女だから、女の感じるポイントを熟知しているのかもしれない。中で指を動かされながらクリトリスを舐められると、あまりの気持ちよさに意識が飛びそうになった。舌に代わって電マがクリトリスに襲いかかってくると、五体のコントロールを失った。

　漏らしてしまった。

　二度目の絶頂に達し、それでも沙耶が愛撫をやめないので、潮を吹かされた。そういう現象を耳に挟んだことはあるが、まさか自分の体に訪れることはないだろうと思っていた。

　恥ずかしすぎて夫の顔を見られなくなった。

　スワッピングパーティに参加するのに際し、なにがあっても嫌いにならないと一筆書いてもらったけれど、そんな紙切れ一枚で人の気持ちは制御できない。自分だったら、会ったばかりの同性に性器をいじられて潮を吹いてしまった女を、愛しつづけることは難しい。

　死んだ、と思った。

体はともかく、心は確実に死んでしまった。魂の抜けた状態になった美砂子を、蜂須賀と沙耶はなおもしつこく愛撫してきた。夫も参加して三人がかりになった。好きにすればいいと思った。自分はもう、元の自分には戻れない。

体中を舐めまわされた。乳房、乳首、内腿、膝、ふくらはぎ……夫がどさくさにまぎれて足指を口に含んできたので、美砂子は内心で怒り狂った。足なんて、女にとってもっとも舐めてほしくない場所のひとつだ。

反応なんかしてやるものかと思った。それだけがそのときの美砂子にできる、精いっぱいの抵抗だった。

しかし、三枚の舌で執拗に舐められていると、次第におかしな気分になってきた。乳首を転がす蜂須賀のざらついた舌、チロチロ、チロチロ、と内腿をくすぐるように舐める沙耶のなめらかな舌、そして、足指をしゃぶりあげながら指の股まで舌を這わせてくる宗一郎……。

相手がひとりだけなら無反応を貫くことができたかもしれないが、三人がかりでは分が悪かった。しかも、沙耶の指が時折、すうっと女の花を撫でる。ごく微弱な刺激でも、場所が場所だけに感じてしまう。きちんと触ってこないもどかしさと相俟って、心が千々に乱れていく。

全身が熱くなっていった。下半身のいちばん深いところでくすぶっていた火の種が、三枚の舌によって煽られて燃えあがる炎になったような感じだった。やがて、体中から汗が噴きだしてきた。暑くてかく汗とは違う、発情の汗だった。

蜂須賀に腋窩を舐められると、叫び声をあげてしまった。腋窩もまた、足と同様もっとも舐められなくない場所のひとつだった。

下半身に電マが襲いかかってきた。その威力はもう充分にわかっていたので、美砂子は身構えた。しかし、沙耶は先ほどのように、振動をするヘッドを股間にあててこなかった。内腿や腹部やふくらはぎなどを刺激しても、どういうわけか性器だけには触れてくれない。

もどかしさが募っていった。下腹の奥でドロリとなにかが溶けだした。性器を触れれば、新鮮な蜜を漏らしているに違いなかった。

（また、恥をかかされるのね……）

美砂子は眉間に刻んだ深い縦皺に、諦観を浮かべた。まな板の上の鯉になった以上、もはや無反応の抵抗などしていても無駄なのだ。蜂須賀夫婦のコンビネーションは恐るべきいやらしさで、いくら我慢したところで、結局は恥という恥をかかされることになるだろう。

しかし……。

「おまえはいつまで服を着ているつもりなんだ。ちょっとは彼にサービスしたらどうなんだ」

蜂須賀が沙耶に声をかけ、沙耶が水色のワンピースを脱いだ。同性の眼から見ても色っぽいとしか言い様のない裸身を、惜しげもなく披露した。自分ひとりだけ裸でいることがつらかったので、そこまではよかった。裸になった沙耶は、あろうことか宗一郎のペニスを舐めしゃぶりはじめた。

(どっ、どうして……)

よくわからない展開だった。蜂須賀自身も四つん這いになっている沙耶の後ろに陣取り、彼女の性器を後ろから電マで刺激しはじめた。スキンを装着した中指をアヌスに埋めこんだのはびっくりしたが、そんなことはどうだっていい。

(どうして？　どうしてわたしは放置なの……)

ハートのエースを引いた美砂子が、三人がかりで責められる生け贄の役になったはずだった。恥ずかしすぎる役割だし、実際に大恥もかかされたけれど、生け贄を放置して残りの三人で愛撫をしたりされたりしているのは、おかしいではないか。

ぶるるっ、と震えた。

寒気を感じたからだった。それもいままでに感じたことのないような寒気だった。まるで体の中ががらっぽになり、空洞に冷気が充満していくような……。

「うんぐっ！　うんぐっ！」

四つん這いになった沙耶が、フェラチオしながら電マの刺激に悶えている。わたしの電マなのに！　と美砂子は無性に腹がたった。デリケートな部分を刺激するものを、断りもなく使うなんてマナー違反ではないか？

いや、それを言うなら、彼女がいま舐めしゃぶっているペニスも、美砂子の所有物みたいなものである。ついているのは夫の体でも、女を感じさせる形状になっているのだから、使う権利は生涯の伴侶(はんりょ)である自分にあるのではないだろうか？

頭が完全に混乱していた。

寒気の正体に、美砂子はとっくに気づいていた。刺激が欲しかった。どれほどの恥をかかされてもいいから、イキたかった。イキたくてイキたくてたまらなくなっているから、こんなにも苛々しているのだ。

右手が下半身に這っていった。あわてて引っこめた。自慰でもいいからイキたいと一瞬思ってしまったが、それほどみじめな絶頂もないだろう。向こうは三人で盛りあがっているのに、ひとりでオナニーするなんて……。

宗一郎のほうに這っていった。沙耶のフェラがよほど気持ちいいのか、眼をつぶって顔を真っ赤にしている夫は、すぐ側まで行っても気づかなかった。

腕を叩いた。

ようやく眼を開けてこちらを見た。

「だっ、抱いて……」

美砂子は震える声を必死に絞りだした。蜂須賀と沙耶のことは、絶対に見ないことにした。

「わたしのこと……抱いて……ください……」

「ほーう」

存在を無視しようとしているのに、蜂須賀が割って入ってくる。

「奥さん、ようやくその気になりましたか？」

美砂子は顔を向けなかった。

「エッチしてほしいのかい？」

宗一郎が訊ねてきたので、美砂子はコクンとうなずいた。挑むように夫を睨みつけながら……。

「でもさ……これはスワッピングパーティだから……」

「そうとも！」

夫の頼りない声を、蜂須賀が遮（さえぎ）った。

「奥さんがセックスをしたいなら、最初に抱く権利は私にある」

蜂須賀は電マのスイッチを切り、沙耶のアヌスから指も抜くと、服を脱ぎはじめた。あっという間に全裸になり、天狗の鼻のようににょっきりと突きだしたペニスに、スキンを装着した。

「さあ、我慢できないなら、自分からまたがっておいで……」

あお向けになって言った。

美砂子の顔は熱くなった。百歩譲って、夫に抱かれるのならまだよかった。見せ物になってしまうけれど、宗一郎のことは愛している。

だが、蜂須賀は……。

頂の尖った禿げ頭は写真で見るよりもグロテスクだし、顔と腕だけが浅黒く日焼けし、首から下の肌が生っ白い色をしていて、本当に気持ちが悪い。

しかも、騎乗位。夫にも許したことがない体位で腰を振れというのか。夫の目の前で……。

「行きなよ……」

宗一郎に背中を押された。真面目な夫は、スワッピングパーティのルールやマナーを遵守しようと言いたかったのかもしれない。

しかしその顔は、だらしなく鼻の下を伸ばしていた。首に筋を浮かべながら、「うっ」とか「おおっ」とかうめいている。フェラチオに淫しているから、美砂子のことなんてどうでもいい、と思っているように見える。

だいたい、夫のペニスをしゃぶっている沙耶も沙耶だった。美砂子が近づいていって宗一郎に声をかけているのに、フェラチオをやめようとしない。むしろわざとじゅるじゅると音をたててしゃぶりまわし、あふれた涎をシーツに垂らしている。おとなしそうな顔をして、どこまでも挑発的な女である。

（ずっ、ずいぶん、いやらしい舐め方をするじゃないの……）

美砂子はフェラチオが下手だった。苦手意識があるから、いつまで経っても技術が向上しない。結婚前に付き合っていた元カレに、はっきり下手だと言われたこともある。だから宗一郎には、なるべくしたくない。

フェラチオが下手な妻を娶った宗一郎はいま、蜂須賀に鍛え抜かれたであろう沙耶の口腔奉仕を堪能していた。きっと自分がするより気持ちがいいんだろう——そう思うと、なにもかもどうでもよくなってきた。

自分なんて結局、スペックの低い女なのだ。乳房が大きいわけでもなければ、フェラチオがうまいわけでもなく、美人を鼻にかけてベッドでも高慢ちき……宗一郎が中折れしてしまったのも、なんだか自分のせいのような気がしてきた。

ならば……。

駄々をこねている場合ではなく、自分にできるせめてもの罪滅ぼしに、宗一郎のネトラレ願望を叶えてあげよう……。

あお向けで横たわっている蜂須賀のほうに、這っていった。

「ふふふっ……」

蜂須賀が舌なめずりしてこちらを見た。美砂子はすぐに視線をはずした。無理だと思った。意地になっても、自棄になっても、こんな男の顔を見ながら腰を振ることはできそうもない。

だが、やらなければ夫の顔に泥を塗ることになる。

蜂須賀の顔を見ず、スキンの装着されたペニスだけ見れば、下半身が熱く疼いた。それが欲しいと、全身の細胞が唱和している。入れてさえしまえばなにもかも忘れられるわよ、ともうひとりの自分が耳元でささやく。

美砂子は覚悟を決めて片脚をあげた。蜂須賀の腰にまたがった。しかし、対面騎乗位ではなく、蜂須賀に背中を向けていた。これならば、相手の顔を見ずにセックスすることができる。バックスタイルと違ってお尻の穴をさらすことなく、快楽だけをむさぼれる。

我ながらいいアイデアだと思った。それが致命的な判断ミスだったことを、すぐに思い知らされることになるのだが……。

「んんんっ……」

性器と性器の角度を合わせ、腰を落としていった。触った感じでは、還暦間近にしては硬かった。サイズも夫と同じくらい。

胸が高鳴った。半分ほど咥えこむと、すでに蜂須賀のことなどどうでもよくなっていた。とにかく体の疼きを鎮めたかった。自分で腰を振りながらイクのは恥ずかしいけれど、そんなことを言っている場合でない。

「くぅううーっ！」

腰を最後まで落としきると、声がもれてしまった。結合しただけで、涙が出そうなほどの快感がこみあげてきた。飢えているとは思われたくなかったが、すぐに動きはじめた。腰を前後に揺すりたて、クイッ、クイッ、と股間をしゃくるようにしてリズムに乗っていく。腰使いが下手な自覚はあるが、今日はなんだか調子がいい。体がイキたがっているせいか？

「あああっ……はぁああっ……はぁあああっ……」

声が出てしまうのを、どうすることもできなかった。

片野とカーセックスしたときより、ずいぶんと腰が軽かった。あのときは窮屈なクルマの中だったし、夫が巨乳と戯れている姿に心も乱れきっていた。

いまだって心は乱れているが、自分でもいやらしすぎると思ってしまうような腰使いができる。クイッ、クイッ、と股間をしゃくるほどに、動きが熱を帯びていく。

正常位でなくてよかった、と思った。いくら眼をつぶっていても、正常位なら蜂須賀の顔がすぐ近くにあるだろうし、キスだってされるかもしれない。

背面騎乗位なら、その心配はない。余計なことを考えず快楽に没頭することができる。それでももちろん、眼はつぶっている。みずから腰を使って愉悦をむさぼっている浅ましい姿を、宗一郎に見られているからだ。

ネトラレ願望がある彼のことだから、きっと興奮しているだろう。しかし、それは他の男と繋がっているという事実に対してであり、いやらしい腰使いまでは想定していないかもしれない。幻滅されるかもしれないが、いまは極力考えるのはやめよう。

それよりも……それよりも……。

「あああっ……はぁあああああーっ！」

イッてしまいそうだった。動きだしてから二、三分しか経っていないので、我ながら早すぎると啞然としたが、我慢する気にはなれなかった。

しかし、

「イッ、イクッ……もうイキそうっ……」

体中の肉が小刻みな痙攣を開始した瞬間、後ろから腰をつかまれた。強い力で引っぱられ、美砂子はのけぞって後ろに倒れた。

「いっ、いやあああっ……」

両手を後ろについて蜂須賀の上に倒れこむことは防いだが、バランスを崩された瞬間、眼を開けてしまった。蜂須賀の上で、美砂子は両脚を開いてのけぞっていた。開いた両脚の向こうに、宗一郎がいた。

「いっ、いやっ……いやっ……ああああああーっ！」

ずんずんと下からピストン運動を送りこまれ、美砂子は両脚を閉じることができなかった。宗一郎は沙耶の口唇からペニスを抜くと、盛りのついた牡犬のようにハアハアと呼吸を荒げて近づいてきた。

「みっ、見ないでっ！　見ないであなたあああーっ！」

美砂子は泣き叫んだ。宗一郎の眼は、見たこともないほどギラギラと輝いてきた。雄々しい興奮が伝わってきた。ネトラレ願望を叶えて興奮しきっていることは間違いなかった。

目的を果たせたことは祝福してもいいが、この格好はあんまりだった。男の上で両脚を開き、結合部も露わに下から突かれている。ペニスが出入りするたびに花びらをめくられ、ずちゅっ、ぐちゅっ、と無残な肉ずれ音がたつ。

しかも……。

夫だけではなく、沙耶もこちらに近づいてきた。電マを持って……。

「やっ、やめてっ……」

美砂子は凍りついた表情で首を振ったが、沙耶は容赦なく電マを押しあてた。無防備にさらけだされている、クリトリスに……。

6

(すごいっ……すごいぞっ……)

宗一郎はいまだかつて経験したことがないほどの熱狂の渦中にいた。

黒光りした亀頭のような頭部をもつ狒々爺は、やはりタダ者ではなかった。スワッピングパーティ全体をリードすると同時に、宗一郎の夢をきっちりと叶えてくれた。いや、夢に見た以上と言っていいかもしれない。

美砂子はいま、狒々爺の上で両脚を開き、あお向けにのけぞるという、これ以上ない恥ずかしい格好で下から突きあげられている。大粒の涙をこぼして泣き叫んでいるが、感じまくっている。沙耶によって電マがクリトリスに押しあてられると甲高い悲鳴をあげて言葉を継げなくなり、ひいひいと喉を絞ってよがり泣くことしかできなくなった。

（いっ、いやらしいだろ……エロすぎるだろう……）

だが、愛おしかった。

生理的に嫌な男の男根に貫かれ、屈辱にまみれているのに、よがる美砂子は美しい。赤っ恥をかき、辱められれば辱められるほど、美しく輝いていくようだ。

「ダッ、ダメッ……もうダメッ……」

長い黒髪を振り乱して首を振った。美しい顔を耳まで真っ赤に染めあげて、くしゃくしゃに歪めていく。

「イッ、イッちゃうっ……美砂子、またイッちゃいますううーっ！」

ガクガクと震えだした腰を、後ろからそれをつかんでいる狒々爺が持ちあげた。男根がスポンと抜けると、沙耶がすかさず肉穴に指を入れた。クリトリスに電マをあてながら、フルピッチで指を出し入れする。

「はっ、はぁおおおおおおおーっ！」

絶叫した美砂子は眼を見開いたが、なにも見えていないに違いなかった。彼女の体はいま、快感だけに支配されている。男根とはまた違う女の指技が、オルガスムスに達した体をさらに翻弄する。

妻はまた、潮を吹いた。

先ほどは飛沫が飛んだだけだったが、今度は放尿のように一本の放物線を描いた。もしかすると潮ではなく、快感のあまり失禁してしまったのかもしれない。シーツがびしょびしょになっている。

「まだ休むのは早いですぞ、奥さん……」

狒々爺が、美砂子の上体を前に倒した。ふたたび結合する。

「犬のような格好になるんだ。そら……」

四つん這いになった妻を、狒々爺が後ろから貫く格好になる。還暦間近のくせに、脂ぎった欲望をたぎらせている。パンパンッ、パンパンッ、と尻を打ち鳴らして連打を放つ。

「ああっ、いやっ……あああっ、いやあああっ……」

美砂子は身をよじってあえいでいる。シーツをぎゅっと握りしめ、長い黒髪をざんばらに乱して……。

顔が見えないのが残念だった。顔が見たくてしようがなかった。

宗一郎は美砂子の前に進んだ。妻は生け贄だから、宗一郎にも責める権利があるはずだった。

顎をつかんで、顔をあげさせた。顎は涎でヌルヌルしていた。顔中汗にまみれていて、張りついた髪を剝がすのが大変だった。化粧も崩れて美しい顔が台無しだったが、可愛かった。それを伝えてあげたかったが、

「あなたっ……」

美砂子がぎりぎりまで細めた眼で、すがるように見つめてきた。

「わたし……まっ、またイッちゃいそう……」

パンパンッ、パンパンッ、と尻を打ち鳴らして、狒々爺は連打を打ちつづけている。悠然としたピッチで、けれども深々と妻を突きあげる。

「僕以外の男に抱かれてもイクんだね？」

「けっ、軽蔑してください……」

美砂子はせつなげに眉根を寄せたが、宗一郎はきっぱりと首を横に振った。

「愛してるよ」

「本当に？」

「昨日よりも愛している。嘘じゃない」

美砂子はうんうんとうなずき、熱い涙をボロボロとこぼした。

「僕のものも気持ちよくしてくれるかい？」

宗一郎が膝立ちになると、美砂子は薔薇の花びらのような唇をOの字にひろげてくれた。

「のっ、飲ませてっ……あなたのものを、飲みたいっ……」

「苦いんじゃなかったのか？」

「でも飲みたい……」

可愛くなっていくばかりの妻に奮い立ち、宗一郎は男根を口唇に埋めこんだ。沙耶にはそこまでできなかったが、腰を使ってピストン運動を送りこんでいく。

「うんぐっ……うんぐっ……」

美砂子は意識が朦朧としているようだったが、嬉しそうにピストン運動を受けとめてくれた。突けば突くほど、蕩けるような眼つきになっていく。

「むうっ……」

乳首に刺激を感じ、宗一郎は唸った。沙耶が背中にぴったりと体を密着させ、後ろから左右の乳首をくすぐってきた。

まったく、どこまで気が利く……いや、いやらしすぎる女なのだろう。くすぐられている乳首も気持ちよかったが、背中に感じる彼女の乳首も異様に硬くて卑猥だった。

「むうっ……むうっ……」

宗一郎は夢中で腰を動かした。男根に口唇を犯されている妻は、真っ赤な顔をしている。汗と涙でドロドロになった美貌が、淫らな輝きを増していく。

美砂子は後ろからも突かれていた。狒々爺は還暦前とは思えない力強い腰使いで、妻を犯している。

たまらないようだった。

前後から押し寄せる男たちのリズムに、美砂子は揉みくちゃにされている。四つん這いの体がピンク色に上気し、汗の粒が浮かんでくる。発情の汗の甘ったるい匂いを振りまいて、エロスの化身になっていく。

「しっ、締まるっ……締まるぞっ……」

狒々爺が言った。

「こりゃあ、我慢できんっ……もっ、もう出そうだっ……」

パンパンッ、パンパンッ、と尻を鳴らす音が、にわかに迫力を増した。美砂子が鼻奥で悲鳴をあげる。それでも男根を吐きだそうとはしない。むしろ強く吸ってくる。双頬をべっこりとへこませたふしだらすぎる顔で、男の精を吸いだそうとする。

「むうう……」

男根の芯が熱く疼き、宗一郎も我慢の限界に達した。美砂子のフェラは沙耶よりずっと下手だったが、吸引力だけは強かった。なにがあっても精子を飲みたいという、愛を感じた。

「だっ、出すぞっ……出すぞっ……」

狒々爺の連打が最高潮に高まり、

「こっ、こっちもだっ！」

宗一郎も叫んだ。

「もっ、もう出るっ……飲んでっ……飲んでくれっ……」

美砂子が上眼遣いでうなずいた。吸引にブーストがかかり、男根ごと薔薇の花びらのように口唇に吸いこまれるかと思った。

「おおおっ……うおおおおおーっ！」

雄叫びをあげた瞬間、ドクンッ、と爆発が起こった。妻が吸ってくる。放出するよりずっと速いスピードで、熱い粘液が尿道を走り抜けていく。

ドクンッ、ドクンッ、ドクンッ、と畳みかけるように射精した。いつもの倍のテンポだった。宗一郎は妻の頭を両手でつかみ、快感に身をよじりつづけた。もう終わりかと思っても、妻が吸ってくるのでなかなか終わらない。次第に気が遠くなってくる。ぎゅっと眼をつぶると、瞼の裏に熱い涙があふれてきた。

狒々爺はもう動いていなかった。結合をとき、ベッドにあお向けになって、激しく息をはずませている。沙耶が這っていき、横側から身を寄せた。狒々爺は呼吸を整えながら、彼女の肩を抱いた。チュッと音をたててキスをした。まったく、仲のいい夫婦である。

宗一郎も射精を終えていたが、美砂子が男根を離してくれなかった。口から出しても、ペロペロと舐めつづけている。

（あの美砂子が、お掃除フェラなんて……）

男の精をすっかり吸いとられたはずなのに、宗一郎のものは萎えなかった。いや、いつも以上に硬くなって、熱い脈動を刻んでいる。

このまま妻を貫くこともできそうだった。

ふたりがかりで犯された美砂子は、四つん這いになった肢体（したい）から匂いたつような色香を放ち、貫かずにはいられなかった。

この作品は徳間文庫のために書下されました。
なお本作品はフィクションであり実在の個人・団体などとは一切関係がありません。

徳間文庫

人妻交換（ひとづまこうかん）

2022年3月15日 初刷

著者　草凪優（くさなぎゆう）

発行者　小宮英行

発行所　株式会社徳間書店

東京都品川区上大崎三－一－一 〒141－8202
目黒セントラルスクエア

電話　編集〇三(五四〇三)四三四九
販売〇四九(二九三)五五二一

振替　〇〇一四〇－〇－四四三九二

印刷
製本　大日本印刷株式会社

ISBN978-4-19-894725-5　（乱丁、落丁本はお取りかえいたします）